함께
가는 길은
———
외롭지
않습니다

함께 가는 길은 외롭지 않습니다

초판 1쇄 발행 2017년 2월 7일
개정판 1쇄 발행 2022년 5월 31일 **개정판 10쇄 발행** 2024년 7월 17일

지은이 이재명
펴낸이 최순영

출판2 본부장 박태근
지적인 독자 팀장 송두나
디자인 이세호
사진 강영호

펴낸곳 ㈜위즈덤하우스 **출판등록** 2000년 5월 23일 제13-1071호
주소 서울특별시 마포구 양화로 19 합정오피스빌딩 17층
전화 02) 2179-5600 **홈페이지** www.wisdomhouse.co.kr

ⓒ 이재명, 2017

ISBN 979-11-6812-328-1 03810

함께 가는 길은
외롭지 않습니다

절망도 희망으로 바꾸는 사람,
이재명 첫 자전적 에세이

이재명 지음

위즈덤하우스

누구나 평등하고 행복한 세상을 꿈꾸며

2017년 1월 23일, 성남시 상대원동에 있는 오리엔트시계 공장에서 나는 대통령 선거 출마를 공식 선언했다. 정확히 38년 전, 만 15세의 나이로 나는 이 공장에서 노동자로 일하고 있었다. 낮에는 공장에서 일하고 밤에는 촉수 낮은 전구 아래 앉아 검정고시 공부를 했다.

그때 나의 꿈은 단지 '사람답게 살아보자'는 것이었다. 애초에 꿈을 꾸지 않았거나, 중도에 포기했더라면 나는 지금까지 살아 있지 못했을 것이다. 나는 포기하는 순간 삶을 내주어야 하는 그런 꿈을 꾸었던 것이다. 그래서 나에게 꿈이란 생존과 똑같은 가치와 무게를 지닌다.

세월이 흘러 나는 그때 그 자리에서 또 하나의 꿈을 꾸기 시작했다. 누구도 억울하지 않은, 희망이 살아 숨쉬는 공정한 국가를 건설하겠다는 꿈이다. 대통령이 되겠다는 것은 그 꿈을 이루기 위한 수단이다. 나는 이 또한 포기할 수 없는 꿈이라는 것을 안다. 대한민국의 생존과 똑같은 가치와 무게를 지닌 꿈이기 때문이다.

출마를 선언하는 그 자리에서 나는 어머니, 형제, 누이, 그리고 아내와 아이들을 차례차례 소개했다. 이미 세상을 떠나거나 다쳐서 참석하지 못한 가족까지도 모두 소개했다. 우리 가족은 모두 노동자의 삶을 살아왔다. 땀과 눈물로 얼룩진 삶이었다. 남편을 먼저 떠나보낸 뒤 혹독한 가난 속에서 일곱 남매를 키워온 어머니의 삶을 나는 '기적'이라 부른다. 하루하루를 기적처럼 견디며 살아낸 나의 가족들이 자랑스럽다.

나는 우리 가족의 삶이 대한민국의 절대다수 서민들의 삶과 크게 다르지 않다는 것을 안다. 불공정한 사회 구조 속에서 끓어오르는 분노와 울분을 참아가며 하루하루를 견뎌내고 있는 수많은 서민들의 얼굴에서 나는 우리 가족의 얼굴을 본다. 일한 만큼 잘 살아야 할 자격이 있는 이 모든 '가족'의 꿈이 곧 나의 꿈이다. 이제 나의 후반생은 그 꿈을 위한 실천으로 채워질 것이다.

이 책은 몸과 생각으로 이루어져 있다. 12세 때부터 어머니 손을 잡고 학교 대신 공장으로 출근하며 기름때 묻은 작업복을 입고 노동자로 살기 시작해 검정고시, 사법고시, 인권운동, 시민운동을 거쳐 성남시장이 되기까지의 삶은 몸의 이야기에 해당한다. 밑바닥에서부터 시작한 인생이기에 나는 지금도 여전히 머슴처럼 바닥부터 찾는다. 그곳이 편하기 때문이다. 현실의 차가운 바닥에서 서민들이 살고 있고, 그들의 이야기에 귀를 기울이는 것이 지금의 내 역할이다. 그 수많은 가족과 이웃의 현실 속에서 나의 생각은 커져갔고, 그 생각이 곧 나의 정책으로 영글어왔다. 몸이 살아낸 현실과 그 현실에서 싹튼 생각의 알맹이들을 모두 이 책에 담았다.

정의롭지 못한 세상을 정의롭게, 살기 힘든 세상을 살기 좋게 만들고자 하는 사람들에게 이 책이 하나의 약속으로 전해지기를 바란다. 그리고 모든 분들에게 이렇게 말하고 싶다.

"저의 꿈이 곧 여러분의 꿈입니다."

정치인들은 누구나 약속의 달인이다. 하지만 실천의 달인은 찾아보기 어렵다. 나는 약속하면 지켜야 하기 때문에 약속을 잘 하지 않는다. 나는 약속을 잘하는 사람이 아니라 약속을 지키는 사람으로 기억되고 싶다. 약속을 지키기 위해 싸워야 할 순간이 온다면 기꺼이 싸우는 사람, 그 어떤 유혹이나 시련이 닥쳐도 흔들리지 않는 사람, 그리하여 "저 사람이라면 해낼 거야"라는 믿음을 받고 싶다.

나의 몸과 생각이 담긴 이 책을 여러분에게 바치며 또 한 번 다짐한다.

"이재명은, 합니다!"라고.

2017년 2월

이재명

차례

01

고난의 시간에서 배운
인생의 선물

희망은 '희망밖에 없는 자'의 편이다

가난과 싸워야 했던 어린 시절

•

나는 겁이 없다. 살아가면서 어지간한 일에는 눈도 깜빡하지 않는다. 날 때부터 강심장이어서가 아니라 인생의 밑바닥에서부터 기어 올라왔기 때문이다.

정치에 입문한 뒤에도 그 이전에도 나는 옳지 않은 일에 맞닥뜨릴 때마다 저항했다. 그 상대가 누구이든 싸우기를 주저하지 않았다. 그러다 보니 점점 눈엣가시 같은 존재가 되고 적들도 많아졌다. 두렵지만 오히려 투지가 솟아 난다. 옳다는 믿음에 뿌리내린 실천은 용기를 주었다.

어릴 때 냇가에서 놀다가 깊은 웅덩이에 빠진 적이 있었다. 아무리 발버둥 쳐도 몸은 점점 가라앉기만 했다. 겁을 먹으면 먹을수록 죽을 확률이 높아지는 상황이었다. 그때 어른들이 해준 이야기가 생각났다.

'숨을 참고 바닥까지 내려가서 치고 올라와라.'

나는 그렇게 해서 간신히 물 밖으로 나왔다.

지금 돌이켜보면 인생도 그런 식으로 살아낸 것 같다. 적어도 내 인생의 전반전은 바닥까지 내려가 박차고 올라오기의 연속이었다.

나는 경상북도 안동의 깊은 산골에서 태어났다. 우리 집은 화전을 일궈가며 근근이 입에 풀칠을 할 만큼 가난했다. 거기서 초등학교를 졸업하면서 나의 유년기도 끝이 났다.

내가 초등학교를 졸업하자마자 우리 식구는 경기도 성남시로 이주했지만 가난은 질기게 따라왔다. 형과 누나들은 일찌감치 생활전선에 뛰어들었고, 나 역시 목걸이 공장을 거쳐 성남시 상대원동의 공단에 있는 '동마고무'라는 공장에 취직했다. 1976년, 만 12세이던 해였다. 공장에 취직할 수 있는 나이가 아니었지만 당시에는 다른 사람 이름으로 취업하는 것이 다반사였다. 위장취업의 원조랄까.

내게 주어진 일은 콘덴서 부품에 들어가는 고무제품을 만드는 일이었다. 나는 온종일 동력기에 부착된 샌드페이퍼로 고무를 갈았다. 두께가 아주 얇은 제품이어서 고무를 갈 때마다 손가락과 손바닥까지 샌드페이퍼에 닿기 일쑤였다. 손가락 피부가 조금씩 잘려나가는 건 당연지사였다. 피가 배어나오는 손바닥이 쓰리고 아팠지만 참는 것 외에 다른 도리가 없었다.

어느 날 기어이 사고가 터지고 말았다. 동력 벨트에 손가락이 휘감겨버린 것이다. 시뻘건 피가 솟고 손가락 세 개가 엉겨 붙어 떨어지지 않았다. 이른바 고참들이 나를 병원으로 데려갔지만 소독약을 바르고 깁스를 한 것이 치료의 전부였다. 나는 깁스를 한 채 다시 공장으로 돌아와 나머지 한 손으로 일을 해야 했다. 산재 보험 따위는 상상도 할 수 없는 시절이었다. 아직도 내 가운뎃손가락 손톱 아래는 그때의 검은 고무가루가 남아 있다.

두 번째 산재사고를 당한 것은 대양실업이라는 공장에 다닐 무렵이었다. 야구 글러브를 만드는 공장이었는데 거기서 내가 맡은 일은 기계식 프레스로 쇠가죽을 절단하는 작업이었다. 그런데 어느 날 눈 깜빡할 순간 프레스에 왼쪽 팔뚝이 찍히고 말았다. 그때도 병원 치료는 아주 간단했다. 당시에는 몰랐지만 2년 뒤쯤 키가 부쩍 자라고 나서야 왼쪽 팔이 심하게 휘어진 것을 알게 되었다. 팔뼈 중 하나가 성장을 멈추고 2~3센티미터 정도 자라지 않아 왼팔로는 무거운 물건을 들어 올릴 수 없게 된 것이다. 결국 나는 장애인 6급 판정을 받았다. 그 뒤로도 나는 장애를 숨기고 이 공장 저 공장에서 아픈 팔을 가지고 일했다.

'아주냉동'이라는 공장에서 일할 무렵, 나는 하루가 멀다 하고 고참과 관리자들에게 구타를 당했다. 특히 관리자들은 군복을 입은 채 군기를 잡는다며 딱히 이유도 없이 어린 공원들을 각목으로 속칭 '빳따'를 쳤는데 유독 나에게는 정도가 더 심했다. 나중에 알고 보니 선배 공원들에게 형이라는 호칭을 붙이지 않았다는 것이 이유였다. 사실 그 무렵 나는 여기저기 공장을 옮겨 다니며 공원 생활을 한 지도 2년이 넘은 데다 한창 사춘기여서 반항적인 구석이 없지 않았다. 게다가 내가 자란 안동에서는 친형제가 아니면 형이라는 호칭보다는 결혼 전까지는 그냥 이름을 불렀다. 하지만 어떤 항변도 소용없었다. 군사문화가 사회 전반을 지배하던 그 시절에는 나이에 상관없이 무조건 상명하복에 충실해야 했다. 그래서 나는 엎드려뻗쳐, 오리걸음, 쪼그려 앉아 뛰기 등 군대 훈련소에서나 받아야 할 기합들을 고스란히 감당해야 했다.

정작 참을 수 없었던 것은 공장에서 횡행하던 권투시합이었다. 고참들은 시간만 나면 어린 공원들을 무작위로 지목해 내기 권투를 시켰다. 나는 구타를 당하지 않기 위해서라도 상대편 동료를 쓰러뜨려야만 했다. 강압에 못 이겨 친한 동료를 적으로 삼아 싸워야만 했던 것이다. 이길 때도 있었고 질 때도 있었다. 지면 선배들에게 또 얻어터져야 했고, 이기면 죄책감 때문에 가슴을 쓸어내려야 했다. 웬만한 구타나 얼차려에도 좀처럼 눈물을 흘리지 않던 나였지만, 코피를 줄줄 흘리며 쓰러져 있는 동료 앞에서는 그예 눈물이 쏟아지곤 했다. 이기건 지건 몸과 마음에 깊은 상처가 남는 야만적인 시간들이었다.

공장 생활은 개인의 자유가 주어지지 않는다는 점에서 사실상 수감 생활과 크게 다르지 않았다. 어딜 가나 간부들의 감시가 뒤따랐다. 그런 건 참을 수 있었다. 하지만 한창 나이에 도시락 하나로 하루 종일 버텨야 하는 것만큼은 너무도 견디기 어려웠다.

당시 내가 다니던 아주냉동은 상대원 공단의 야트막한 뒷산 아래 자리 잡고 있었다. 봄이 되자 나는 뒷산이 보이는 공장 마당에 퍼질러 앉아 가장 친한 동료와 함께 도시락을 먹곤 했다. 나는 그나마 집에서 도시락을 싸올 수 있는 형편이었지만 강원도 출신으로 자취하던 그 친구는 도시락도 없이 굶었다. 결국 점심시간마다 혼자 수돗물로 배를 채우거나 쫄쫄 굶는 것이 안쓰러워 도시락을 나눠먹었다. 나중에는 아예 그 친구 몫까지 도시락을 싸서 다녔던 기억도 있다. 혼자 먹어도 모자라는 도시락을 둘이 먹자니 안 먹은 것만도 못했다. 순식간에 도시락을 비우고 나면 우리는 뒷산에 핀 진달래를 바라보며 입맛을 다셨다.

"아, 참꽃 참 맛있겠다."

내가 살던 안동의 산골짜기 마을에서는 진달래를 먹을 수 있는 꽃이라고 해서 '참꽃'이라 불렀다. 나에게 진달래는 꽃이 아니라 봄철의 먹을거리였다.

참꽃이 필 무렵은 춘궁기였다. 우리처럼 화전농을 짓는 집들은 춘궁기를 살아내기 위해 감자, 조밥으로 때웠다. 숟가락을 놓고 나면 금세 배가 꺼졌다. 나는 수시로 산으로 달려가 두 주먹 가득 참꽃을 따서 입에 우겨넣었다. 풋풋한 향기도 향기지만 먹고 나면 혓바닥을 진보랏빛으로 만들어버리는 묘한 꽃이었다. 지금도 진보랏빛을 보면 허기가 진다.

점심시간마다 강원도 친구와 함께 공장 뒷산의 붉은 물결을 보며 입맛을 다시면서도 우리는 섣불리 뒷산으로 향할 수 없었다. 간부들의 감시 때문에 점심시간에도 공장 밖으로 나갈 수 없었고 흐드러지게 피어 있는 참꽃조차 마음대로 먹을 수 없었던 것이다. 그때만 해도 나는 사람답게 사는 것이 무엇인지 몰랐다. 공장에 갇혀 있던 내게 그 아름다운 맛있는 꽃은 그리움, 그리고 눈물이었다.

가난과 굶주림 속에서 자유를 빼앗긴 채 공장 생활을 이어나가던 어느 날 문득 이런 생각이 들었다.

'계속 이렇게 살 순 없잖아.'

참꽃이 마음껏 뒷산을 수놓듯이 나도 자유로운 삶을 한 번 살아보고 싶었다. 그런데 자유로운 삶이란 도대체 어떤 삶일까? 나는 나름대로 정의를 내렸다.

첫째, 남에게 쥐어터지지 않는 것.

둘째, 배불리 먹는 것.

셋째, 자유롭게 다니는 것.

두 번의 자살 시도, 그리고 깨달음

•

자유로운 삶을 살기 위해 가장 먼저 무엇을 해야 할까?

그 길을 제시해준 사람은 어처구니없게도 나를 가장 괴롭히던 공장 간부 홍 대리였다. 눈이 툭 튀어나온 개구리 모양이어서 '개구리눈'으로 불리던 그는 고졸 출신의 대리였다. 소문에 따르면 공장 사장과 인척 관계라는 이야기도 있었다. 어찌 됐든 나는 그가 단지 고졸 출신이기 때문에 대리까지 올라간 것이라 생각했다.

'나도 고등학교를 졸업하면 간부가 될 수 있겠지?'

목표는 오로지 개구리눈처럼 대리가 되는 것이었다. 하지만 대리가 되려면 무슨 수를 써서라도 공부를 해서 고등학교 졸업 자격을 따야만 했다.

'그래, 공부를 하자. 죽을 각오로 해보자!'

결심이 서자마자 가슴이 뛰기 시작했다. 한 번도 느껴본 적 없던 감정이 피를 타고 온몸으로 번져나갔다. 나중에서야 나는 그 감정의 실체를 알았다. '희망'이었다. 마음에 품는 것만으로도 사람을 단번에 바꿔놓는 그 놀라운 힘 앞에서 나도 모르게 파르르 몸이 떨렸다.

개구리눈이 고마웠다. 그는 걸핏하면 나를 때리고 못살게 굴었다. 그가 죽도록 미웠다. 하지만 나를 극단으로 몰아붙여 '더 이상 이렇게 살지 말자'라는 오기와 희망을 만나게 해준 것도 결국은 그였다. 그래서 그를 미워할 수가 없었다.

그 무렵 나는 쉬는 날마다 성남 주변의 산들을 두루 돌아다니곤 했다. 거침없이 산을 오르며 계획을 세우고 꿈을 키웠다. 공부를 하면 인생이 바뀔 수도 있다는 희망 때문일까, 산 정상에서 내려다보이는 세상이 사뭇 달라보였다. 무엇보다 자유로움과 함께 세상에 대한 호기심이 자라기 시작했다. 골목이나 거리에서 부딪치는 사람들의 얼굴에서도 자유와 희망이 느껴졌다.

나에게 가난은 운명이었다. 그러나 닫힌 운명은 아니었다. 의지와 희망만 있다면 언제든 손을 내밀어 열 수 있는 대문이었다. 그리고 그 문 밖에는 끝없는 자유가 있었다. 그 문을 열기 위해 한 발 한 발 다가갔다.

처음 계획은 비교적 검정고시에 유리한 야간 전수학교에 들어가는 것이었다. 하지만 공장 생활과 학교 생활을 병행하는 것은 애초에 불가능했다. 결국 생각하다 못해 중학교 검정고시부터 준비하기로 했지만 이 또한 만만치 않았다.

그 무렵 우리 가족은 단칸방에서 여덟 식구가 살았다. 마침 7

남매 중 손윗누이가 시집을 가서 아홉 명이 여덟 명으로 줄어든 덕분에 조금이나마 잠자리가 넓어진 게 다행이었다. 그런데 식구들이 모두 잠든 한밤중에 혼자서 검정고시 공부를 한답시고 불을 켜놓기가 여간 눈치 보이는 게 아니었다.

어느 날 아버지가 버럭 고함을 질렀다.

"그깟 공부 따위 해서 뭐 해? 잠 좀 자자, 잠 좀!"

그러고 나서 아버지는 불을 확 꺼버렸다. 밤새도록 아버지를 증오했다.

그즈음 아버지는 상대원 시장에서 쓰레기 청소를 하는 잡역부로 일했는데 새벽이면 어김없이 나를 데리고 나가 쓰레기를 치우게 했다. 하필이면 그때마다 옆집 여학생이 학교에 가려고 집을 나서는 것이었다. 사춘기였던 나는 그 여학생에게 쓰레기 치우는 모습을 보이는 것이 죽도록 싫었다. 아버지는 전혀 아랑곳하지 않았다.

공장에서는 여전히 구타를 당하고, 어렵사리 학원 공부를 마치고 돌아와서는 눈치 공부를 해야 할 뿐 아니라 새벽에 여학생이 보는 앞에서 쓰레기를 치우는 일이 계속 이어지는 동안 점점 살기 싫다는 생각이 들기 시작했다. 10대 나이에 장애를 가진 몸으로 공장에서 일해야만 하는 나에게 과연 미래가 있을까?

어느 날 나는 기어이 자살을 결심했다. 독하게 마음먹고 난 뒤부터는 '어떻게 죽을 것인가?'라는 고민만 남았다. 목을 맬까, 다리에서 뛰어내릴까? 고민 끝에 나는 성남 시내에 있는 약국을 돌아다니며 수면제를 사 모았다. 수면제를 입에 털어 넣고 연탄불을 피워놓은 채 잠드는 방법을 선택한 것이다. 그리고 유서를 썼다. 아버지에 대한 원망이 가득 담긴 유서였다. 그러고는 다락으로 올라가 연탄불을 피워 놓고 수면제를 한 움큼 입으로 털어 넣었다.

그런데 아무리 기다려도 잠이 오지 않았다. 한참 뒤에 보니 연탄불은 이미 꺼져 있었다. 나의 첫 번째 자살기도는 그렇게 미수에 그치고 말았다. 며칠 뒤 나는 똑같은 방법으로 다시 자살을 시도했다. 이번에는 수면제도 훨씬 많이 먹고 연탄불도 제대로 피웠다. 그리고 잠이 들었다.

하지만 두 번째 자살기도 역시 실패하고 말았다. 마침 과일 행상을 하던 자형이 집에 들렀다가 나를 발견한 것이다. 사실 그즈음 자형은 내 얼굴을 볼 때마다 뭔가 이상한 낌새가 느껴졌다고 한다. 그래서 그날도 일부러 집에 들러 다락방 문을 열었다는 것이다. 나중에 알게 된 사실이지만 그때 내가 구입한 수면제 역시 모두 가짜였다. 미성년자가 수면제를 달라고 하자 약사들이 소화제를 내준 것이다.

두 번의 자살기도가 모두 실패로 끝나자 아무 생각도 들지 않았다. 나라는 인간은 살기도 힘들고 죽기도 힘들구나 싶었다. 한동안 나는 몽유병 환자처럼 영혼 없는 눈빛으로 하루하루를 보냈다. 그런데 언제부터인가 내면 깊은 곳에서 무엇인가 꿈틀대기 시작했다. 사방이 꽉 막힌 삶, 어찌 해볼 도리가 없을 만큼 희망이 사라진 그 자리에서 이상한 투지가 돋아나는 것이었다. 그 투지는 '죽도록 살아보자'는 마음으로 점점 변해갔다.

'그래, 죽을힘을 다해 살아보자!'

《손자병법孫子兵法》〈구지九地〉편을 보면 "어쩔 수 없게 되면 싸우게 된다[不得已則鬪]"라는 구절이 있다. 그때의 내가 꼭 그러했다. 나는 어쩔 수 없는 처지까지 내몰렸고, 이제 남은 것은 인생의 시련과 싸워나가는 일뿐이었다. 나는 주먹을 쥐고 다시 일어섰다. 가진 것은 맨주먹과 아직 남아 있는 한 톨의 희망이 전부였지만 그것을 밑천으로 싸워볼 생각이었다.

시련은 희망의 시금석이다

·

그 뒤 나는 대양실업이란 곳으로 자리를 옮겨 계속 공장 생활을 이어나갔고, 저녁 6시에 퇴근해서 곧장 학원으로 달려가 10시가 넘도록 공부에 전념했다. 학원이 끝나면 버스비가 아까워 걸어서 집으로 향했다. 그렇게 공장에서 학원으로, 학원에서 집으로 이어지는 쳇바퀴 생활이 계속되었다. 힘들다는 생각조차 사치로 느껴지던 시절이었다.

1차 목표였던 중학교 검정고시에 합격한 것은 1978년 8월의 일이었다. 그때 나는 만 14세였다. 내 나이 또래의 학생들의 경우 이듬해인 1979년에 졸업할 예정이라 오히려 그들보다 한 학기 일찍 졸업 자격을 취득한 셈이었다. 나는 곧바로 고등학교 검정고시를 준비하기 시작했다.

　　이듬해인 1979년, 내가 다니던 대양실업이 망하는 바람에 망연자실하던 차에 운 좋게도 오리엔트시계로 직장을 옮길 수 있었다. 처음으로 월급을 제대로 주는 회사에 취직한 덕분에 나는 단과학원에 등록해 야간 수업을 받을 수 있었다. 그 무렵 나는 공부에 완전히 미쳐 있었다. 스스로 '공부하자, 공부해야 산다!'라는 주문을 걸며 쉼 없이 마음을 다잡았다. 그리하여 1980년 봄에 기어이 고등학교 졸업 자격을 취득했다.

　　고졸 자격을 취득해도 달라지는 것은 없었다. 그런데 대학은 꿈도 못꿨던 나에게 희망이 생겼다. 대학 입시 제도가 바뀐 것이다. 본고사를 폐지하고 학력고사만 실시하게 되었을 뿐 아니라 사립대학의 경우 성적이 좋은 학생들을 확보하기 위해 학력고사 성적에 따라 생활비까지 대주는 장학금 제도를 신설한 것이다. 잘만 하면 졸업 때까지 전 학년 장학금에 매월 생활보조금까지 받아가며 공부할 수도 있었다.

　　나의 목표는 좀더 명확해졌다. 대학 입학뿐 아니라 장학금, 생활보조금까지 목표의 범위 안에 들어온 것이다. 버거운 목표임에는 틀림없었지만 두렵지는 않았다.

1981년 3월, 나는 서울 답십리 신답극장 옆에 위치한 삼영학원에 등록한 뒤 본격적인 대입 준비를 하기 시작했다. 낮에는 직장에서 근무하고 밤에는 학원으로 달려가 공부에 매달리는 주경야독의 시간이 이어졌다. 성남에서 서울을 오가는 버스 안에서 단어장을 들여다보고, 화장실에서도 책을 놓지 않았다. 집에 돌아와 베개에 머리를 대면 그대로 곯아떨어질 만큼 강행군의 나날이었다. 막바지에는 그것도 모자라 독서실에서 밤샘 공부를 했다. 밀려오는 졸음을 이겨내기 위해 책상 가장자리에 압정을 거꾸로 꽂아놓기도 했다. 졸다가 찔리는 바람에 참고서 곳곳에 핏자국이 물들었다.

새벽녘에 두 시간 정도 눈을 붙인 다음 곧장 공장으로 출근해야 했다. 나는 공부 시간을 벌기 위해 작업 부서까지 옮겨두었다. 모두가 피하는 시계의 문자판에 래커 칠하는 작업에 자원했던 것이다. 래커에 시너, 아세톤 같은 독성물질이 들어 있어 다들 꺼려하는 일이었다. 하지만 독방에서 혼자 작업할 수 있는 덕분에 비교적 시간을 자유롭게 활용할 수 있었다. 나는 시너와 아세톤 냄새를 맡아가며 골방 같은 래커실에서 틈만 나면 책을 펼쳐들었다. 그때 후각의 60퍼센트를 상실하는 바람에 나는 지금도 냄새를 잘 맡지 못하는 후각 장애가 있다.

그렇게 공부를 해도 학력고사에서 최고 점수를 받을 자신이 없었다. 그래서 나는 1981년 7월 말 오리엔트시계에 사표를 내고, 8월부터 삼영학원 주간부에 다니기 시작했다. 공부에 올인을 한 것이다. 그때부터 10월까지 3개월간 낮에는 학원에서, 밤에는 독서실에서 집중적으로 시험 준비에 몰두했다. 그 모진 시간들 끝에 나는 비로소 학력고사를 무사히 치를 수 있었다.

1981년 학력고사에서 상위권에 드는 성적을 거두었다. 큰 기쁨이나 보람보다는 '이제 며칠은 쉴 수 있겠다'는 생각이 앞섰다.

나는 장학금 외에도 당시 월급의 3~4배인 월 20만 원의 생활보조금을 주는 중앙대학교 법학과에 입학했다. 긴 대장정을 끝내는 기분이었다. 공돌이가 대학생으로 탈바꿈하는 순간이었다.

희망과 시련은 늘 함께 다닌다. 하지만 시련의 역할은 사람을 굴복시키는 것이 아니라 희망의 강도와 절실함을 시험하는 것이다. 돌이켜보면 내가 변하기 시작한 것은 두 번의 자살기도가 실패로 끝난 뒤부터였다. 그 사건이 인생의 터닝포인트였던 셈이다. 그때부터 나는 세상에 대한 두려움도 사라졌고, 어떤 일이 닥치건 대수롭지 않게 웃어넘겼다. 그리고 긍정과 희망이 나의 무기가 되었다. 나에게 긍정과 희망은 선택 항목이 아니라 생존의 필수 요소였다. 긍정하지 않으면 살 수 없고, 희망이 없으면 한순간도 견딜 수 없었다. 비록 '가진 것은 희망뿐'이지만 그래서 나의 희망은 진짜였다. '희망밖에 없는 사람'에게는 그것이 전부이기 때문이다.

속은 여리지만 겉은 강철처럼 단단하게

성남이라는 도시와의 첫 만남

•

무쇠는 담금질을 거쳐 강철이 된다. 뜨거운 불과 차디찬 물, 두 극한의 온도를 번갈아 이겨내고 대장장이의 망치에 속절없이 두들겨 맞아가며 쇠는 점점 단련되어 간다.

아버지는 나에게 대장장이 같은 존재였다.

어머니가 내게 여린 감성을 물려주었다면 아버지는 반대로 쇠처럼 단단한 의지를 단련시켜주었다. 그 기질은 정치 현장에서도 어김없이 나타나곤 한다. 불의를 참지 못해 비분강개하는 나의 모습이 지나치게 강한 이미지로 비칠 수도 있지만, 사실

나는 눈물이 많은 편이다.

어릴 때는 사람의 마음이 무쇠처럼 단련될 수 있다는 사실을 몰랐다. 어른이 되어 돌이켜보니 내가 살아온 과정 자체가 담금질이었음을 알게 되었다.

나를 단련시킨 것은 아버지와 가난이었다. 그런 의미에서 아버지는 내게 큰 선물을 준 셈이다. 나의 성장기는 아픔의 연속이었지만 그 아픔이 없었다면, 오늘의 나도 없었을 것이다. 이 모든 과정 속에 아버지라는 존재가 아프게 자리 잡고 있다.

아버지는 성공과는 거리가 먼 분이었다. 하지만 어린 시절 내가 아버지를 싫어한 이유는 성공하지 못해서가 아니라 가장의 역할을 버렸기 때문이다.

나는 5남 2녀 7남매 중 다섯째로 태어났다. 위로 형이 셋, 누이가 하나 있었고, 밑으로 남동생과 여동생이 하나씩 있었다. 이렇게 많은 자식을 두었는데도 아버지는 집안을 제대로 돌보지 않았다. 가사를 책임지고 자식들을 길러낸 사람은 바로 어머니였다.

아버지도 한때는 대학생이었던 시절이 있었다. 현재 영남대학교의 전신인 청구대학에 다녔는데 어느 날 갑자기 중퇴를 한 뒤 고향으로 돌아와 농사꾼이 되었다. 도저히 학비를 마련할 수 없었던 것이다. 어쩌면 논밭 하나 없이 화전을 일구어야 할 만큼 찢어지게 가난한 집에서 대학에 다닌다는 것 자체가 처음부터 무리였을 것이다. 그때부터 아버지는 '공부'라는 말만 나오면 표정이 일그러졌고, 자식의 교육에도 철저히 무관심으로 일관했다. 아버지는 심지어 내가 독학으로 검정고시를 준비하는 것조차 반대하며 번번이 훼방을 놓았다.

내가 초등학교에 다니던 어느 날, 아버지는 돌연 집을 나가버렸다. 말도 없이 무기한 가출을 한 것이다. 어머니와 7남매의 생계 따위는 아버지의 안중에 없었다.

혼자서 7남매를 키워야 했던 어머니의 고초는 이루 말할 수 없었다. 이렇다 할 돈벌이를 찾기도 어려운 시골에서 어머니는 남의 집에 들어가 허드렛일을 하며 날품팔이 삶을 살았다. 말 그대로 하루 벌어 하루 사는 위태로운 나날들이었다. 심지어 어머니는 그 당시 불법인 줄 알면서도 몰래 막걸리를 빚어 팔기도 했다.

퉁퉁 불어터진 어머니의 손을 볼 때마다 나는 아버지라는 존재를 증오하고 또 증오했다. 힘겨울 때마다 이 모든 시련이 아버지 때문이라는 생각에 저주의 감정마저 들었다. 그런데 그런 아버지에게서 어느 날 연락이 왔다. 경기도 성남이라는 곳에 터를 마련해놨으니 모두 올라오라는 것이었다.

우리는 들뜬 마음을 안고 고향을 떠나 성남으로 향했다. 하지만 이내 실망하고 말았다. 아버지가 돈을 많이 벌어 성남시에 정착한 게 아니라는 것을 알게 된 것이다. 아버지는 성남시 상대원동 공단지역에서 잡역부로 일하고 있었다. 집이라는 것도 달랑 단칸방 하나여서 여덟 식구가 다닥다닥 붙어 자야만 했다. 들어본 적도 없는 성남이라는 도시와 나의 인연은 그렇게 시작 되었다.

아버지처럼 살지 않겠습니다

·

그 당시 성남시는 서울에서 이주해온 이른바 '달동네' 출신들로 북적였다. 서울의 청계천·창신동·금호동 일대 판자촌에 재개 발이 이루어지면서 그곳 서민들을 이주시켜 만든 황량한 도시 가 바로 성남시였던 것이다. 맨주먹으로 살기엔 차라리 고향인 안동 산골보다 못해 보였다. 고향에서는 그나마 열심히 땅을 파 면 입에 풀칠 정도는 할 수 있었다. 그러나 내가 살던 공단지역 에서는 먹고살기 위해 누구나 공장 노동자가 되어야 했다. 내가 12세의 나이에 공장에서 일하게 된 것도 생존을 위한 필수 코스 일 뿐이었다.

공장 생활은 산재사고와 중노동, 그리고 무수한 구타로 점철 된 시련의 시간들이었다. 어릴 때부터 폭력은 이미 익숙한 것이 기도 했다. 고향인 안동의 초등학교에서도 교사들에게 수없이 매를 맞으며 자랐다. 집이 가난해서 학습 준비물을 가져가지 못한 아이들은 무조건 매를 맞아야 했다. 어떤 변명도 통하지 않았다. 억울하고 화가 나도 참을 수밖에 없었다. 그때는 교사가 학생을 때리는 것까지 교권이라 여기던 시절이었다. 하루가 멀다 하고 매를 맞아야 했던 나는 복수심에 불탄 나머지 교사가 되겠다는 꿈을 품기에 이르렀다. 실컷 때려보고 싶었다. 하지만 그 꿈은 공장 생활을 하면서 변했다. 교사에서 공장 간부로 꿈이 바뀐 것이다.

공장 간부가 되려면 적어도 고등학교 졸업장이 있어야 했기 때문에 나는 검정고시를 준비했다. 그런데 그 꿈을 가로막은 가장 큰 걸림돌이 아버지였다.

"공장에서 착실히 일이나 할 것이지 쓸데없이 공부는 무슨 공부!"

아버지는 내가 공장에서 사고를 당하고 매일 같이 구타를 당한다는 사실을 알면서도 그렇게 말했다. 공부를 해서 바꿀 수 있는 운명이 아니라고 생각했던 것인지, 아니면 자식의 공부 뒷바라지를 해주지 못하는 자격지심 때문인지는 알 수 없었지만 한 가지 분명한 사실은 아버지가 뼛속 깊이 절망으로 가득 찬 사람이라는 것이었다. 최소한의 긍정도, 한 줌의 희망도 없는 삶. 그런 인생을 자식에게 고스란히 물려줄 생각이었던 걸까. 나는 공장에서 간부들이 휘두르는 주먹보다 아버지의 그 절망이 몇 곱절 더 아팠다.

절망에 빠진 사람은 주변 사람들까지 절망의 늪으로 끌어들인다는 사실을 그때 알았다. 어떻게 보면 내가 정말로 극복해야 할 대상은 가난과 시련이 아니라 아버지였을지도 모른다.

'아버지처럼 살지 않겠습니다.'

나는 이 마음 하나로 독하게 공부를 해나갔다. 그리고 중학교 검정고시를 거쳐 고등학교 검정고시까지 마쳤다. 나는 '해냈다'는 심정으로 고등학교 검정고시 합격증을 제일 먼저 아버지에게 보였다. 아버지는 합격증을 받아들고도 아무 말이 없었다. '수고했다', '잘했다'는 말 따위는 애초에 기대하지도 않았지만, 최소한 고개 정도는 끄덕여줄 수도 있지 않은가.

나는 그대로 밖으로 나가 공단 거리를 걷고 또 걸으며 울분을 삭였다. 어느 날 집으로 돌아왔을 때 나는 무릎이 꺾이고 말았다. 방바닥에 합격증이 갈기갈기 찢어진 채 흩어져 있었던 것이다.

'어떻게 받은 합격증인데……'

아버지에 대한 증오는 그렇게 켜켜이 쌓여갔다.

아버지가 주신 유일한 선물

•

대학 재학 시절 나는 사법고시 1차에서 합격했지만 2차에서 낙방하고 말았다. 졸업 후에 다시 도전해서 1차에 합격했을 때 아버지는 병원에 입원 중이었다. 지병인 위암이 재발한 것이다. 그때 문병을 온 친척 한 분이 내게 다가와 말했다.

"아버지가 자네 자랑을 많이 하더군."

알고 보니 아버지가 친척들 앞에서 '우리 재명이를 내가 법대에 보냈네'라며 자랑하더라는 것이었다. 나는 쓸쓸한 표정을 감추기 위해 고개를 숙여야 했다. 검정고시로 중·고등학교 졸업 자격을 따고, 공장에서 일하며 대학에 들어갈 때까지 내게 한마디 격려조차 없었던 아버지가 무슨 낯으로 그런 소리를 한단 말인가. 내 속에서 아버지에 대한 원망이 다시 솟구치기 시작했다.

하지만 아버지가 내게 도움을 전혀 주지 않은 것은 아니었다. 사법고시 공부를 위해 신림동 고시원에 들어갔을 때 아버지가 몇 달치 월세를 보내준 적이 있었다. 그때는 내가 대학을 졸업한 직후여서 매월 학교에서 20만 원씩 받던 생활보조금이 끊어진 상태였다. 그 사정을 알고 내 통장으로 돈을 넣어준 것이다. 고시 공부에 전념해야 할 때라 한두 푼이 절실했던 나에게는 더없이 고마운 돈이었다. 한편으론 그것이 아버지와 나눈 최초의 화해였다.

그로부터 얼마 후 나는 사법고시 2차에 합격했다. 최종 합격 발표 후 어느 날 아버지와 마주했다. 그 무렵 아버지는 말을 단한마디도 못 할 정도로 병이 악화되어 집에서 세상과의 이별을 준비하고 있었다.

"아버지 사법고시에 합격했습니다."

나는 병상에 누워 잠든 아버지에게 다가가 조용히 속삭였다.

아버지는 말을 할 수 없는 상태였지만 내 목소리는 알아들은 것 같았다. 잠시 후 아버지가 천천히 눈을 떴다. 초점을 잃은 눈동자는 무엇인가를 애타게 찾고 있었다. 아버지가 나를 보고 싶어 한다는 것은 느낌으로도 충분히 알 수 있었다. 곧이어 아버지의 눈에서 눈물이 방울지는가 싶더니 두 볼을 타고 흘러내렸다. 그러고는 다시 눈을 감았다. 나는 아버지의 눈물 젖은 얼굴을 보며 생각했다.

'아버지, 사실은 제가 잘되기를 바라셨죠? 모른 척하면서도 저를 쭉 지켜봐주신 거죠? 제가 마음 단단히 먹고 살아가기를 바라신 거죠?'

하지만 아버지는 아무 말이 없었다. 그러나 아버지와 아들은 그 큰 과거의 아픈 벽을 허물고 화해했다.

그후 아버지는 다시 깨어나지 못한 채 한마디 유언도 없이 영원히 잠들었다. 어쩌면 그 눈물 속에 모든 말이 담겨 있었던 게 아닐까. 당신의 한 많은 인생에 대하여, 부자의 정을 한 번도 나누지 못한 채 떠나는 회한에 대하여…….

아버지가 돌아가신 그날은 공교롭게도 내 생일이었다. 그리고 돌아가신 시간도 내가 태어난 시와 똑같았다. 아버지는 내가 태어난 그날, 그 시간에 맞춰 생을 마감한 것이다. 그날의 임종은 결국 아버지와 나만을 위한 마지막 화해의 순간이 되었다.

그날 이후 나는 가슴속에서 아버지를 다시 만났다. 오랫동안 뿌리 깊이 박혀 있던 원망도 완전히 사라졌다.

그 뒤로 여러 해가 흐르면서 나는 한동안 아버지를 잊고 지냈다. 하지만 문득문득 아버지의 얼굴이 떠오를 때가 있었다. 인권변호사로서 시민운동을 하다가 수배자로 몰려 수난을 당할 때, 정치에 입문해 정적들이 나를 함부로 겁박할 때, 가족 문제로 큰 시련을 겪을 때, 답답하고 억울하고 마음이 지칠 때마다 어김없이 아버지의 얼굴이 떠올랐다. 그리고 매번 거짓말처럼 오기와 투지가 솟아나곤 했다. 인생의 마지막 순간에 아들 앞에서 눈물 흘리던 그 얼굴이 나에게는 용기의 원천이 된 것이다.

비록 오랫동안 아버지를 증오했지만, 돌이켜보면 그 증오심은 오히려 불과 물과 망치가 되어 나를 담금질해온 셈이었다. 덕분에 내 의지는 강철같이 단단해질 수 있었다. 아버지는 이 거친 세상을 헤쳐나갈 수 있는 진정한 토양을 내게 길러준 것이다. 그것은 아버지가 내게 준 유일한 선물이자 가장 소중한 유산이었다. 한 해, 두 해, 나이가 들어가면서 나는 그 선물의 진정한 가치를 뼈저리게 실감하곤 한다.

대학 친구와의 특별한 약속

광주의 진실과 마주치다

•

어머니가 제 생물적 삶을 주셨다면 광주는 저의 사회적 삶을 시작하게 한 곳이었습니다.

2016년 9월 6일, 광주 5·18민주화운동 열사들의 묘역을 참배하고 돌아와 내가 페이스북에 올린 글의 첫 문장이다. 이날 나는 대권 도전을 선언했다.

광주를 떠나면서 나는 인생의 아이러니를 또 한 번 느꼈다. 우리나라의 민주화를 역행시킨 전두환 독재정권이 내게 두 가지 귀중한 선물을 주었기 때문이다. 첫째는 대학 입시 제도를 바꾸어 내가 대학에 들어갈 수 있는 기회를 제공한 것이고, 둘째는 광주민주화운동의 비극적 진실을 통해 잠들어 있던 나의 의식을 깨워준 것이다.

돌이켜보면 한없이 부끄러운 일이지만 나는 대학에 들어가기 전까지 1980년 5월 18일 광주에서 일어난 민주화운동을 폭동으로 인식하고 있었다. 신문과 방송에서 뉴스로 내보내던 내용을 그대로 믿었기 때문이다. 요즘 진보세력을 종북으로 몰아붙이는 것처럼 당시에도 광주민주화운동 열사들을 반정부 테러를 일으킨 용공분자 내지는 폭도로 허위보도를 했던 것이다. 나는 대학에 들어가서야 진실을 알게 되었고, 그때 느꼈던 치가 떨리는 분노의 기억은 내 머리와 가슴, 영혼 속에 선명하게 남았다.

중앙대학교 법학과 신입생으로 희망찬 대학 생활을 시작하던 1982년 봄, 내 눈에 비친 것은 캠퍼스 곳곳에 진을 치고 있는 사복경찰들이었다. 교정의 나무들마다 철조망까지 둘러쳐져 있었다. 그 철조망이 무엇을 막기 위한 것인지는 얼마 후에 알았다. 어느 날 한 학생이 사복경찰들 몰래 나무 위로 올라가 유인물을 뿌리며 이렇게 외쳐댄 것이다.

"전두환 물러가라!"

"군부독재 타도하자!"

목에 핏대가 서도록 외쳐대던 그 학생은 이내 경찰들에 의해 나무에서 끌어내려졌다. 곧이어 그 학생은 몽둥이세례를 받아 피투성이가 된 채 어디론가 끌려가고 말았다. 교정에 뿌려진 유인물도 어느새 감쪽같이 수거되었다. 멀리서 그 장면을 바라보던 나는 속으로 혀를 끌끌 찼다.

'비싼 등록금 내고 저게 뭐 하는 짓들이지?'

대학에 들어왔으면 공부나 할 일이지 왜들 저렇게 난리인가 싶었다. 내 눈에 운동권 학생들은 죄다 복에 겨워 엉뚱한 짓만 저지르는 철부지로 보였다.

그로부터 며칠 지나지 않아 또 다른 학생이 중앙도서관 옥상에서 밧줄을 타고 내려오다 건물 중간쯤에서 유인물을 뿌리며 독재 타도를 외치는 소리를 들었다. 그때 도서관 유리창이 깨지면서 사복 전투경찰들의 팔이 툭 튀어나오더니 그 학생을 건물 안으로 끌어들였고, 곧이어 건물 안에서 비명 소리가 들려왔다. 이후로도 이런 일들은 심심찮게 벌어졌다.

'붙잡히면 개처럼 두들겨 맞고 끌려갈 줄 뻔히 알면서 왜 자꾸 저럴까?'

구호를 외치고 유인물을 뿌려대는 학생들의 핏발 선 눈동자가 눈에 밟혔다. 누가 시킨 것도 아닌데 저토록 위험을 감수해가며 외쳐대는 데에는 다 이유가 있지 않을까? 나는 점점 그들의 목소리에 귀를 기울이기 시작했다.

내가 공장을 다니면서 겪은 세상과 대학은 완전히 다른 세계였다. 그 무렵 나는 법학과 동기생들 중 한 명에게서 운동권에 들어오라는 권유를 받았다. 이영진이라는 친구였다.

"너 공장에 다녔다고 했지?"

당시 선배 운동권 학생들은 신입생들의 신상을 조사하곤 했는데, 내가 공장에 다닌 이력이 있어 적격자로 지목되었다는 것이다.

'공장에 다닌 이력이 어째서 운동권에 적합한 걸까?'

나는 그동안 궁금하게 여겨왔던 것들을 하나하나 묻기 시작했다. 그리고 영진에게서 한국 정치의 현주소에 대해 낱낱이 들을 수 있었다. 이야기를 듣는 동안 나도 모르게 피가 뜨거워지고 얼굴이 화끈거렸다.

그제야 비로소 알았다. 왜 학생들이 사복 전투경찰들에게 매를 맞고 체포되면서까지 정권 타도를 외치고 유인물을 뿌려대는지, 그리고 불과 2년 전인 1980년 봄에 광주에서 무슨 일이 벌어졌는지…….

내 안에서 딱딱하게 굳어 있던 의식의 껍질이 갈라지는 소리가 들려오는 것 같았다. 내가 폭도라고 생각했던 것과는 정반대로 그들에게 총부리를 겨누고 무참하게 학살을 감행한 군부정권이야말로 진짜 폭도였던 것이다. 그리고 그들의 사주를 받아 허위 기사를 내보낸 신문과 방송 역시 한통속이었던 것이다.

분노가 치밀어 올랐다. 한없이 미안하고 부끄러웠다. 민주화 운동을 하다 피를 흘리고 아까운 목숨을 잃은 열사들에게 한없는 죄책감과 부채감이 느껴졌다. 2년 전, 공장에 다니면서 텔레비전 뉴스를 보며 폭도라고 욕했던 나 자신이 너무도 부끄러웠고 심지어 혐오스럽기까지 했다. 어쩌면 그렇게 감쪽같이 속았을까? 억울했다. 국민을 속이고 나를 속인 군부정권과 언론에 대해서도 분노가 부글부글 끓어올랐다.

그 후 나는 거의 일주일 동안 잠을 설쳤다. 부끄러움과 분노가 합쳐진 묘한 감정이 나를 잠시도 놓아주지 않았다. 그리고 문득 이런 생각이 들었다.

'비록 우연한 선택이지만 법학과에 입학하기를 잘했구나.'

나는 아직 약속을 잊지 않았다

•

국가와 사회가 잘못되어도 한참 잘못되었다는 생각이 들자 도저히 참을 수가 없었다. 국민을 향해 총을 쏴대고, 죄 없이 죽어간 사람들을 모두 폭도로 몰아버리는 정권, 그리고 그 정권의 독재 놀음에 춤을 추는 언론까지 모두가 거대한 범죄 집단이었다. 그들이 쥐락펴락하는 세상에서 어떻게 살아간단 말인가.

'바꿔야 한다.'

지금까지의 나는 단단한 알 속에 갇힌 채 살아왔었다. 그 알은 허위와 기만이라는 껍질에 둘러싸여 있었다. 하지만 이제 그 딱딱한 껍질을 깨고 나와야 할 때가 아닌가. 알을 깨고 나와 세상을, 하늘을 봐야 할 때인 것이다.

나는 적어도 이 잘못된 세상을 바꾸는 일에 동참해야 한다는 생각이 들었다. 그러기 위해서는 무엇보다 법을 제대로 알아야 했다. 다행히 나는 법대생이었다. 사실 내가 법학과를 선택한 것은 깊은 뜻이 있어서가 아니라 제일 점수가 높은 학과에 맞춘 것에 불과했다. 하지만 결과적으로 잘한 선택이었다. 나는 법을 공부하는 학생으로서 사명감마저 느꼈다.

그때부터 나는 난생 처음으로 인생의 계획을 세우기 시작했다. 이제껏 주어진 현실에 떠밀려 여기까지 왔지만 앞으로는 나의 선택과 결단으로 현실을 개척하리라 다짐한 것이다.

'운동권으로 들어갈 것인가, 아니면 공부를 할 것인가?'

우선 법을 공부하는 것이 순서라고 판단했다. 운동권 학생들은 밖에서 민주주의를 위해 싸우지만, 제도권에 들어가 안에서부터 개혁을 시도하겠다고 마음먹었다. 오랜 고민 끝에 내린 결정이었다. 물론 영달의 꿈을 버리지 못했던 나약함과 기회주의적 요소가 있었던 점도 인정한다.

마침내 결심이 섰을 때 나는 동기생 영진을 찾아갔다. 그는 내가 운동권으로 들어가 뜻을 함께할 것이라 내심 믿고 있었다.

나는 미안하다는 말부터 꺼냈다.

"나는 지금 당장 결단을 내릴 수가 없어. 먼저 공부를 해서 사법고시에 합격해야 돼. 너는 지금 학생운동을 하고, 나는 나중에 제도권 안에서 싸울게. 그때 함께하자. 무슨 일이 있어도 이 약속만큼은 꼭 지킬게."

혹시 변명처럼 들리지 않을까 하는 생각도 들었다. 사실 운동권이 되면 장학금을 포기해야 할 가능성이 높았다. 만약 내가 등록금을 낼 수 있을 정도로 가정 형편이 괜찮았다면 선택이 달랐을지도 모른다. 어쩌면 학생운동에 뛰어들지 않았을까. 하지만 장학금을 못 받게 된다면 나는 그대로 대학을 중퇴할 수밖에 없는 처지였다.

"그래, 무슨 뜻인지 알아."

영진은 나의 진심을 이해해주었다. 그리고 그런 선택을 해야만 하는 내 사정도 충분히 이해하고 있었다. 그는 내게 '꼭 읽어야 할 필독서'라며 몇 권의 책들을 추천해주기도 했다.

그리하여 나는 1학년 말부터 본격적으로 사법고시 공부를 시작했다. 그리고 영진은 4년 내내 학생운동의 선두에 서서 각종 시위에 적극 가담했다.

고시공부를 하는 틈틈이 운동권의 필독서로 알려진 사회과학 서적들을 탐독했다. 비록 다른 학우들처럼 학생운동에 뛰어들지는 못해도 최소한 필독서들은 다 읽고 싶었다. 특히 조정래의 《태백산맥》을 비롯해 《해방 전후사의 인식》 시리즈는 내 정신을 번쩍 들게 해준 대표적인 책들이었다.

어릴 때만 해도 나는 독서광이었다. 안동의 초등학교 도서실에 비치된 책들을 거의 다 읽을 정도였다. 동화, 세계명작, 《삼국지三國志》, 《수호지水滸誌》 등 중국 고전들까지 닥치는 대로 읽었다. 그러다가 초등학교 졸업 후 곧바로 공원 생활을 하면서 나의 독서 편력도 끝나버렸다. 고달픈 공원 생활은 나에게 책 한권 읽을 시간조차 주지 않았다. 가정 형편이 어려운 데다 공원월급도 적은 탓에 책을 살 여력도 없었다. 그러다가 대학생이되어서야 다시 책다운 책을 읽기 시작한 것이다.

시간이 흘러 4학년이 되었을 때 친구 영진의 소식이 들려왔다. 상공회의소에서 점거농성을 벌이다 기어이 검거되고 말았다는 소식이었다. 결국 그는 대학을 졸업하지 못한 채 감옥 생활을 해야만 했다. 친구가 구속되는 것을 보며 군부독재 정권에 대한 증오심으로 밤잠을 이루지 못했다. 나 역시 사법고시 준비만 아니었다면 그 친구와 함께 구속되었을 것이다. 영진에게 내몫의 짐까지 얹어준 게 아닌가 하는 죄책감이 내내 나를 괴롭혔다. 그 죄책감 때문에라도 친구와의 약속을 꼭 지켜야 했다.

훗날 사법고시에 합격해 성남시에서 변호사 사무실을 차렸을 때 친구 영진에게 사무장을 맡아달라고 부탁했다. 만약 그가대학 시절 학생운동을 하지 않았더라면 나처럼 사법고시에 합격해 판검사나 변호사가 되었을 것이다. 그만큼 실력이 있는 친구였는데 시대를 잘못 만나 그 기회를 잃어버린 것이 나는 못내 안타까웠다. 하지만 우리는 결국 같은 길을 가고 있는 동반자이고, 대학 1학년 때 했던 약속 또한 계속 유효하다. 제도권으로 들어가 안에서부터 부정부패의 썩은 뿌리를 잘라내고 정의를 세워나가는 그 혁명의 대업을 완수해야만 약속도 완성되는 것이다. 영진과의 동지 관계는 내가 성남시장이 된 지금까지도 계속 이어지고 있다. 그에게 한 약속은 여전히 유효하고 지금도 지켜지고 있다.

바른말은 거짓말보다 강하다

어떤 길을 걸을 것인가

•

정치인에게 거짓말은 칼과 같다. 그 칼은 국민을 겨누기도 하고 자신의 정치 인생을 겨누기도 한다. 누구를 찌르건 깊은 상처를 낼 수밖에 없는 것이 칼의 운명이듯 거짓말 역시 국민과 정치인 자신에게 언젠가는 씻을 수 없는 상처를 남긴다.

그런데도 수많은 정치인들이 거짓말을 무기로 삼아 선거판을 휘젓는 것이 우리의 정치 현실이다. 지키지 못할 공약, 애초에 지킬 생각도 없던 공약을 남발하고, 막상 당선된 뒤에는 언제 그랬냐는 듯 제 잇속 차리기에 바쁜 정치인들을 국민들은 무수히 봐왔다. 나는 그런 정치인들을 주저 없이 사기꾼이라 부른다. 아예 드러내놓고 거짓말을 일삼는다는 점에서 그들은 일반 사기꾼들보다 훨씬 뻔뻔스럽다.

성남시장 선거에 임할 때 내가 철칙으로 삼은 것은 '실현할 수 있는 공약'만 내거는 것이었다. 선거에 지는 한이 있더라도 최소한 국민을 상대로 거짓말을 하지 말자는 것이 나의 소신이었다.

민선 5기 성남시장으로 일하면서 나는 공약이행률 96퍼센트를 달성했다. 언론에서는 역대 정치인들 중 최고의 공약이행률이라고 했지만, 엄밀히 말하면 정치인으로서 약속을 지킨 것뿐이다. 당연히 지켜야 할 국민과의 약속을 지켰다고 해서 주목을 받는 이 상황이 오히려 이상한 것이다. 약속을 잘 지키는 비결은 하나뿐이다. 지키지 못할 약속은 애초에 하지도 말라는 것이다. 그리고 한 번 약속한 것은 목숨 걸고 지키면 된다. 간단하지 않은가?

사법고시에 합격한 뒤 사법연수원에 다니던 어느 날, 어머니가 내게 이렇게 말했다.

"나는 네가 판사나 검사가 되면 참 좋겠다."

사법고시에 합격한 아들을 둔 부모라면 누구나 그랬을 것이다. 더구나 평생 가난에 시달려온 어머니에게 '판검사 아들'은 그야말로 인생 역전과 같았을 것이다. 내가 무섭게 공부할 수밖에 없었던 이유 중에는 어머니의 소원도 포함되어 있었다.

판검사는 사법고시와 사법연수원 졸업성적을 합한 점수를 등수로 매겨 일정 순위 안에 들어가야 지원할 수 있었다. 그때 사법연수원 동기가 모두 297명이었으니 판검사가 되려면 절반인 148명 안에 들어야 했다. 나는 열심히만 하면 중상위권에 충분히 들 수 있을 거라고 자신했다.

그런데 당시 사법연수원에는 비공식 기수 모임이 있었다. 회원들끼리 정기적으로 모여 주로 시국과 사회변혁을 의논하는 일종의 언더서클이었다. 나는 자연스럽게 그 모임에 참여했다. 초등학교 졸업 후 공장 노동자로 일하며 수많은 불이익을 당해본 나로서는 당연한 선택이기도 했다. 어릴 때는 아무것도 모르고 그저 공장 간부나 고참에게 속수무책으로 당할 수밖에 없었지만, 이제 내가 겪었던 현실의 문제점들을 하나하나 파고들 수 있게 된 것이다.

서클 활동은 내가 사회에 대해 눈을 뜰 수 있는 소중한 계기가 되었다. 그때는 사법연수원 연수생들 중 절반 이상이 데모에 참여할 만큼 민주화 열기가 뜨거웠다.

나는 1987년 6월 항쟁 때 서클 동지들과 함께 시청과 광화문 광장을 뛰어다니며 목청껏 민주주의를 외쳤고, 광주 5·18 묘역을 찾아가 참배하기도 했다. 그때만 해도 5·18 묘역으로 가는 길은 비포장도로라 몹시 불편한 데다 막상 현장에 가보니 비석

조차 없는 무덤도 많았다. 거의 공동묘지 수준으로 방치되다시피 한 무덤들을 바라보는 내내 눈물이 볼을 타고 흘러내렸다. 부끄럽고 미안하고 참담했다. 가슴 밑바닥에서부터 또다시 뜨거운 분노가 치밀어 올랐다.

5·18 묘역을 참배하고 돌아온 그 해 여름, 깊은 고민 속에서 며칠을 보냈다. 사법연수원에서 이렇게 기를 쓰고 공부하는 목적은 과연 무엇일까? 판사나 검사가 되기 위해서? 제도권 안에 들어가 변혁하겠다는 친구와의 약속을 지키기 위해서? 아니면 어머니의 소원처럼 출세를 하기 위해서? 무엇을 선택하든 타당한 것 같았다. 빈털터리로 시작해서 여기까지 왔으니 출세 좀 해도 되지 않겠는가.

하지만 광주 5·18 묘역의 그 무겁고 먹먹한 풍경이 자꾸만 눈에 밟혔다. 그 열사들이 겪었던 고통에 비하면 내 어린 시절의 가난과 공장 생활은 오히려 사치에 가까웠다. 이 죄책감을 무엇으로 갚을 것인가? 고민하고 또 고민했다. 그리고 마침내 결심했다.

민주화 대열에 동참하여 부당한 기득권 부패 세력과 싸우는 것, 그리고 고통받는 민중의 대변자가 되는 것, 그 길을 가고 싶었다.

우리의 재산은 '진실'이다

•

그 무렵 사법연수원에 '노동법 학회', '기본권 학회' 등 몇몇 조직이 만들어졌다. 나는 노동법 학회에 들어가 관련 책들을 섭렵하고 조직 활동에도 충실히 임했다.

그러던 어느 날, 꽤 이름 난 변호사 한 분이 특별 강사로 초청되어 열띤 강연을 펼쳤다. 그는 부산에서 인권변호사로 활동하던 시절의 생생한 체험담을 젊은 후배들에게 들려주었다. 열정과 진심이 묻어나는 뜨거운 강연이었다. 나를 포함하여 선후배 연수생들은 강연 내내 가슴이 뜨거워지는 것을 느꼈다. 그 강사의 이름은 노무현이었다.

강연이 끝난 뒤에도 한동안 자리를 뜰 수 없었다. 가슴 속에서 또 하나의 결심이 다져지고 있었다.

'나도 저분처럼 인권변호사가 되리라.'

사실 인권변호사는 배고픈 직업이었다. 하지만 전력을 다해 노력하면 최소한 굶어죽지는 않을 것 같았다. 아니, 좀 굶으면 어떤가? 한두 번 굶어본 것도 아니니.

그런데 나만 그런 생각을 하고 있었던 게 아니었다. 노동법 학회의 동기들 역시 나와 똑같은 갈등을 거쳐 인권변호사의 길을 선택한 것이다. 우리는 금세 의기투합했다.

우리는 약속했다. 다들 각자의 근거지가 되는 지방으로 내려가 인권변호사로 활동하며 지방자치단체의 풀뿌리 민주주의를 위해 헌신하자고 뜻을 모았다. 내가 성남시에 변호사 사무실을 내기로 마음먹은 것도 그때였다.

사법연수원 2년차가 되면 판사·검사·변호사 시보로 각 3개월간 현장 실습을 하게 되어 있었다. 이 9개월은 연수생들이 진로의 확신을 다지는 기간이기도 했다.

변호사 실습을 앞두고 내가 선택한 곳은 조영래 변호사 사무실이었다. 그는《전태일 평전》의 저자로 잘 알려진 인권변호사였다. 또한 1986년 부천경찰서 성고문 시국사건 변호를 맡아 전두환 군사정권의 폭압적 공권력을 폭로해 당시 고문경찰관을 처벌받게 한 인물이기도 했다. 조영래 변호사 사무실에서 보낸 3개월 동안 많은 것을 배웠지만, 그 중에서도 한 가지 깨달음만큼은 결코 잊을 수 없다.

"진실은 반드시 승리한다네."

인권변호사들의 재산은 이 믿음 하나였다.

그 뒤 성남지원에서 판사시보로 3개월 동안 근무할 때는 판사와 변호사의 직업적 특성을 비교할 수 있었다. 업무의 성격상 수동적·정적일 수밖에 없는 판사보다는 좀더 적극적·역동적인 변호사 업무가 내 스타일에 맞았다. 나는 쓰러지지 않기 위해 쉼 없이 페달을 밟아야 하는 자전거처럼 생동감 넘치는 삶을 살고 싶었다.

끝으로 고향인 안동지청에서 검사 시보로 일할 무렵, 당시 이동근 지청장이 내게 이런 말을 해주었다.

"이 시보야, 너 검사해라. 딱 검사 체질이다."

그는 언제나 나를 '이 시보'라고 불렀다. 아닌 게 아니라 내가 생각해도 검사 생활이 성격에 맞는 것 같았다. 실제로 판사 시보나 변호사 시보로 일할 때보다 훨씬 정열적으로 뛰어다녔다. 물론 변호사도 역동적이지만 다른 사람이 의뢰한 사건을 다룬다는 점에서는 수동적일 수밖에 없었다. 그러나 사건을 추적하는 검사는 자신의 능력과 노력에 따라 얼마든지 성과를 낼 수 있는 능동적·자율적 업무라서 내 체질에 딱 어울렸던 것이다.

그때 내 마음이 살짝 흔들렸다. '변호사보다 검사가 더 낫지 않을까?'라는 생각이 들었기 때문이다. 사법연수원 졸업 당시 내 성적은 상위권에 들어 있어 충분히 판검사를 지원할 수도 있었다. 이미 동기생의 절반이 판사나 검사를 선택한 상황이었다. 하지만 결국 내가 선택한 길은 인권변호사였다. 동기들과 굳게 맺은 약속을 저버린다면 결국 인생의 출발점에서부터 거짓말로 시작하게 되는 셈이 아닌가. 친구들과의 약속을 지킴으로써 나의 양심과 신념도 함께 지키기로 했다.

"넌 앞으로 거짓말 같은 거 하지 마라"

•

인권변호사로서의 삶을 생각하던 그 시절, 나는 사법고시 선배인 천정배 의원을 보며 의지를 가다듬었다. 그는 서울대학교 법대 수석 입학, 수석 졸업에 이어 사법연수원을 3등으로 졸업할 만큼 뛰어난 인재였다. 그러나 군부독재정권이 주는 판사 임명장은 받지 않겠다며 의연히 변호사의 길을 선택했다. 연수생들 사이에서 그는 '용기 있는 선배'로 늘 회자되곤 했다.

나에게 용기를 심어준 또 한 사람은 노무현 전 대통령이었다. 그분은 강연을 통해 나를 움직이게 했을 뿐 아니라 인권변호사도 충분히 먹고살 수 있다는 위안을 주었다. 인권변호사로서 격렬하게 사회운동을 하면서도 세 끼 굶지 않고 거뜬히 살았던 본인의 진솔한 체험담이 나에게 용기가 되었다.

나는 공장 노동자로서 청소년기를 보낸 성남에 변호사 사무실을 내기로 마음먹었다. 그런데 아직 해결하지 못한 문제가 하나 있었다.

'어머니의 소원은 어떻게 하나?'

판사와 검사, 그리고 변호사라는 세 가지 선택 앞에서 혼자 저울질을 해가며 최종적으로 인권변호사의 길을 선택할 때까지도 나는 어머니에게 이 사실을 곧이곧대로 알리지 않고 있었다. 아들이 번듯하게 판사나 검사가 되기를 바라왔던 어머니에게 뭐라고 말해야 할까.

이런 고민을 안은 채 성남시에 변호사 사무실을 준비하던 어느 날, 기어이 어머니가 근심스러운 표정으로 내게 물었다.

"판검사가 되면 딱 좋으련만 왜 그 힘들다는 인권변호사가 되려는 게냐?"

나는 어쩔 수 없이 거짓말을 했다.

"에이, 판검사는 아무나 하나요? 적어도 사법연수원 성적이 중상위권에는 들어야 돼요. 제 성적은 중간에도 못 미치니까 변호사를 할 수밖에요."

그렇게 말하면서도 속으로는 가슴이 두근거리고 마음이 영 편하지 않았다.

세월이 흘러 성남시장에 당선되었을 때 어머니는 내 손을 잡고 눈물을 흘리며 이렇게 말했다.

"그동안 고생 많았다. 수배되어서 쫓겨다니고, 구속당하고, 억울하게 모함받고……."

어머니는 내가 겪은 일들을 세세하게 다 알고 있었다. 그제야 나는 어머니에게 이실직고했다.

"어머니, 그때 제가 거짓말을 했어요. 사실은 어머니 소원대로 판검사도 할 수 있었지만, 제가 선택한 길을 갈 수밖에 없었습니다."

그러자 어머니는 고개를 천천히 끄덕이며 말했다.

"알고 있었다."

"예?"

"네 얼굴에 다 씌어 있는데 그걸 왜 모르겠니?"

좀더 편한 길을 선택할 수도 있었던 아들이 일부러 힘든 삶을 살아가는 모습을 쭉 지켜봐야 했던 어머니의 심정은 어땠을까? 다 알면서도 짐짓 모른 척하며 아들의 신념을 말없이 응원해준 속 깊은 어머니의 마음이 고스란히 와닿았다.

그때 어머니가 나지막한 목소리로 말했다.

"재명아."

"예, 어머니."

"넌 앞으로 거짓말 같은 거 하지 마라. 에미라서가 아니라 누가 봐도 네 거짓말은 훤히 보인다. 그냥 속 시원하게 바른말만 하고 살아라."

어머니의 잔잔한 음성을 말없이 듣고만 있었다.

사람이 어떻게 바른말만 하고 살 수 있을까. 선의든 무의식적이든 살다보면 누구나 거짓말을 할 수 있다. 하지만 정치인이라면 이야기가 달라진다. 특히 국민과의 약속에서는 거짓이 묵인되거나 통할 수 없다.

2016년이 저물던 세밑, 나는 정유년인 2017년을 맞아 소셜 네트워크 서비스SNS를 통해 올해의 사자성어를 제시했다. 길게 고민할 것도 없었다. 2015년에 제시했던 사자성어가 여전히 유효했기 때문이다. 내가 제시한 사자성어는 '사불범정邪不犯正'이었다. '그른 것이 바른 것을 범할 수 없다'는 뜻이다. 옳지 못한 것은 옳은 것을 범할 수 없고, 악은 선을 이길 수 없으며, 거짓은 끝내 참을 범할 수 없다. 대한민국 헌정사상 가장 추하고 부끄러운 모습으로 종말을 고하게 된 박근혜 정권의 비극은 거짓말에서 비롯된 것이다. 큰 거짓말을 감추기 위해 더 큰 거짓말이 필요했던 거짓 정권의 악순환이 마침내 한계를 넘어 스스로 터져버린 것이다.

이제 국민들은 2017년을 정권교체의 해로 정했다. 당연한 이야기다. 하지만 나는 '참이 거짓을 이기는 해'라고 생각한다. 2018년에는 '사불범정' 대신 다른 사자성어를 써야 하지 않겠는가.

민심의 따스함으로 배를 채운 시간들

기본과 원칙만 있으면 충분하다

•

2016년이 끝나갈 무렵, 대한민국 교수들이 선정한 사자성어는 '군주민수君舟民水'였다. 《순자荀子》〈왕제王制〉 편에 나오는 말로 '임금은 배요 백성은 물이니, 물은 배를 띄울 수도 있지만 배를 뒤집을 수도 있다'는 뜻이다. 박근혜-최순실 게이트와 촛불집회로 불타올랐던 한 해는 저물지 않고 2017년까지 계속 이어지고 있으며, 따라서 군주민수에 담긴 엄숙한 의미 또한 현재진행형이다.

　민심은 물과 같아서 잠시도 멈추지 않고 출렁이며 격랑의 흐름을 지속한다. 시시각각 높고 낮음을 거듭하며 물이 흐르듯 민심 또한 들숨과 날숨의 생명 법칙을 이어가며 맥박처럼 늘 살아서 꿈틀거린다. 정치인들은 이러한 민심에 생태적으로 민감할 수밖에 없다. 민심의 움직임에 따라 지지율이 달라지고, 그것이 곧 다음 선거에서 표로 연결되기 때문이다.

나는 2010년에 이어 2014년 6·4지방선거에서 재선에 도전해 민선 6기 성남시장에 당선되었다. 두 번에 걸친 지자체 선거는 민심의 움직임을 피부로 느끼기에 더없이 귀한 시간들이었다. 2010년 선거 당시 나는 분당구에서 여당 후보에게 5퍼센트 차이로 뒤졌고, 그 밖의 성남 지역에서 17퍼센트를 앞서면서 51.2퍼센트의 득표율로 당선되었다. 그런데 2014년 선거에서는 분당구에서 여당보다 8.9퍼센트나 더 올라 전체 55.1퍼센트의 지지로 당선되었다. 실력이 편견과 이념을 넘어선 것이다. 선거에서 나타난 수치의 변화를 보며 나는 새삼 민심의 흐름을 절감했다.

특히 2014년의 선거는 민선 5기인 내가 4년간 성남시의 살림을 얼마나 잘 꾸려나갔느냐에 대한 심판이기도 했다. 이 점에 비추어볼 때 4년 전 상대 후보에게 5퍼센트나 뒤졌던 분당구에서 반전을 일으켜 8.9퍼센트나 앞섰다는 것은 큰 의미가 있다. 이른바 '강남 벨트'라 할 수 있는 분당구의 민심이 4년간의 성남시 살림에 높은 점수를 준 것이기 때문이다.

서울의 강남을 비롯한 분당구의 대대수 주민들은 중도 보수 층 성향을 지니고 있어 전통적인 여당 표밭으로 인식되어온 것이 사실이다. 그럼에도 여당 후보자가 아닌 나를 지지해주었다는 것은 어떤 의미일까? 결국 민심은 보수냐 진보냐, 혹은 여당 편이냐 야당 편이냐 하는 진영 싸움이 아닌 '누가 살림을 잘 꾸려나가느냐' 하는 가장 기본적이고 상식적인 판단 기준에 의해 움직인다는 뜻이다.

2010년 민선 5기 시장에 취임하면서부터 나는 '기본과 원칙을 지키는 공정한 시정'에 모든 것을 걸었다. 말로는 누구나 기본과 원칙을 강조하지만, 민심은 그것을 구체적이면서도 일관성 있게 실천해나가는 모습을 보고 싶어 한다. 그래서 나는 직접 몸으로 뛰었다. 그 결과 각 분야의 지자체 평가에서 95개의 상을 성남시가 수상했으며, 특히 지자체 모든 분야의 사업을 평가하는 경기도 시·군 종합평가에서 최우수 기관으로 선정되는 영예를 안았다. 무엇보다 기쁘고 감사한 것은 시정운영 만족도 조사에서 성남시민 79.9퍼센트가 만족한다는 결과를 보여준 것이다.

취임 초기만 해도 빚더미에 올라 부패의 상징 같던 성남시는 이제 다른 지자체에서 벤치마킹하는 도시로 거듭나게 되었다. 아울러 국내는 물론 세계에도 알려져 성남시의 행정을 배우겠다고 찾아오는 인사들이 점차 늘어나고 있다. 하지만 이렇듯 성남시가 단순히 226개 기초 자치단체 중 하나의 도시를 넘어 대한민국의 표준이 되는 중심도시로서 위상을 갖춰나갈 수 있게 되기까지 난관이 없었던 것은 아니다. 아무리 사명감을 갖고 정도를 걷는다 해도 맞바람은 어디에서든 불어오기 마련이다.

순응해야 할 대상은 권력이 아닌 국민

내가 '성남시 3대 무상복지 정책'을 발표한 것은 재선에 성공하여 민선 6기 시장이 되었을 때의 일이다. 이것은 곧 청년배당, 무상산후조리지원, 무상교복지원 등의 복지사업을 실시하겠다는 성남시민과의 소중한 약속이었다.

그 뒤 얼마 지나지 않아 중앙정부에서 압박을 가해오기 시작했다. 지방자치단체의 권한과 재정을 빼앗기 위해 2015년부터 '유사중복사업 정비'란 미명하에 지역적 차이를 무시한 복지사업 폐지 압박, 지방세무조사권 박탈, 신규 복지사업 저지 등의 정책으로 성남시의 3대 무상 복지사업에 제동을 걸어온 것이다. 심지어 지방자치가 잘 되고 있는 경기도 수원·고양·성남·용인·화성·과천 등 6개 도시를 대상으로 2017년부터 일반회계 예산의 10퍼센트에 가까운 예산을 빼앗아가겠다는 치명적인 조치를 발표하기에 이르렀다. 지방재정법 시행령을 고치면서까지 경기도 6개 도시의 세입 5천억 원을 빼앗아 타 지자체에 나누어주겠다는 것이다. 명색은 '지방 간의 형평성 강화'라고 하지만, 사실은 이들 6개 도시에 '부자도시'라는 프레임을 씌워 지자체 간의 대립·갈등과 하향평준화를 초래할 뿐 아니라 지방자치를 중앙정부의 행정에 예속시키려는 음모였다. 한마디로 지방자치에 대한 학살과 다름없었다.

사실 대한민국의 지방자치제도는 피눈물 나는 노력으로 쟁취해온 것이다. 일찍이 민주주의의 초석이자 헌법에도 보장이 되어 있는 지방자치를 폐지한 것은 박정희 독재정권이었다. 이후 김대중 대통령이 13일간 목숨을 건 단식투쟁으로 지방자치를 되살려냈고, 그 토대 위에서 노무현 대통령은 민주주의 국가의 살 길은 오직 지방자치와 분권 강화에 있다며 지방자치의 기둥을 우뚝 세워놓았던 것이다. 그렇게 살려낸 지방자치의 숨통을 다시 끊고자 하는 박근혜 정부의 음모 앞에서 나는 끓어오르는 분노를 참을 수 없었다.

온갖 불명예로 점철된 박근혜 정부의 집권 기간을 돌이켜보면 한마디로 '과거로의 회귀'다. 어쩌면 아버지 시대의 반민주적 통치 행위가 정답이었다고 생각한 것은 아닐까.

그동안 지방자치단체장으로서 무상복지사업에 대한 법적 검토와 시민 의견 수렴을 거쳐 다양한 복지사업 정책을 펼쳐왔다. 이것은 100만 시민 앞에서 선언한 공약이기에 중앙정부의 부당한 강압이나 재정 페널티 부과 위협이 있다고 해서 파기할 수 있는 것이 아니었다. 그래서 2016년부터 3대 무상복지 정책을 전면 시행하기로 결정했다. 즉 청년배당 113억 원, 무상 산후조리 지원 56억 원, 무상 교복 지원 25억 원 등 총 194억 원의 필요예산을 확보해 복지사업을 적극 활성화해나가기로 한 것이다. 다만 정부가 강제하는 페널티 때문에 무상복지 예산 194억 원 가운데 절반 수준인 98억 3,500만 원을 우선 지급하고, 나머지 95억 6,500만 원은 헌법재판소 권한쟁의심판에서 승소할 경우 수혜자에게 지급하겠다고 시민들과 약속했다. 사실은 이미 2015년에 복지부의 부당한 요구와 대통령의 위법한 지방교부세법 시행령에 대해 헌법재판소에 재판을 청구해놓은 상태였다. 그러나 그 결과를 기다릴 시간이 없어 비록 절반에 해당하는 금액이지만 성남시민과의 약속부터 이행하기로 한 것이다.

정치인이 순응해야 할 유일한 대상은 권력이 아닌 국민이다. 이 단순하고도 절대적인 상식이 통하지 않을 때 우리는 어떻게 해야 할까? 맞서 싸울 것인가 아니면 권력에 순응할 것인가? 나는 전자를 선택했고, 그래서 더 큰 싸움을 준비해야 했다.

진실 앞에서 광장은 희망이 된다

•

지방자치에 대해 박근혜 정부가 내놓은 일련의 정책들을 결국 '지방자치 말살'로 받아들일 수밖에 없는 것은 다음과 같은 이유들 때문이다.

사실상 대한민국의 지자체들이 국가의 사업 중 60퍼센트를 처리하고 있음에도 국세와 지방세의 비율은 고작 8 대 2에 불과하다. 국세는 중앙정부가, 지방세는 지자체에서 운용하므로 전체 국가 재정의 20퍼센트에 불과한 지자체의 살림은 늘 곤궁할 수밖에 없다. 실제로 전국 지자체들 중 재정자립도가 60퍼센트를 넘는 곳이 없다. 그나마 지방세로 시정에 필요한 경비를 충당하는 곳이 서울시와 경기도 6개 도시뿐이고, 나머지 지자체는 정부 보조금에 의존하고 있는 실정이다. 게다가 정부가 기초연금 등을 지자체에 떠넘겨 지방재정의 부족분이 4조 7,000억 원이나 된다.

이에 따라 정부도 지난 2014년에 지방소비세 2조 원, 지방교부세 1조 3,600억 원 증액, 지방세 비과세 감면축소 8,000억 원 등의 대책을 마련한 바 있다. 따라서 지자체의 재정악화 해소와 형평성 강화 등은 이 계획의 이행 과정에서 모두 해결할 수가 있다. 사정이 이런데도 간신히 비용을 자체 조달하며 체면을 유지하고 있는 경기도 6개 도시로부터 지역 주민이 내는 지방세를 중앙정부에서 가져가겠다는 것이다. 이렇게 되면 결국 김대중 정부 때부터 어렵게 시작해 노무현 정부 때 기반을 다져온 지방자치는 그 존재 가치를 잃게 될 것이다.

교부세의 역설이란 게 있다. 정부지원금을 교부세 없이 운영할 수 없는 지방자치단체는 예산을 아껴 쓸수록 교부세가 줄어든다는 사실이다. 예산을 아껴서 교부세를 덜 쓰면 중앙정부에서는 지방정부가 예산이 덜 필요하구나 하면서 교부세 지원을 줄인다. 반대로 많이 쓰면 많이 지원한다. 비자립 도시에서는 교부세를 아낄수록 지방정부 차원에서는 손해인 셈이다. 이것도 획기적으로 변화시켜야 한다.

교부세의 불합리한 점뿐 아니라 중앙정부의 이러한 횡포를 더 이상 두고 볼 수 없었다. 그리하여 2016년 6월 7일, 광화문 광장에서 기자회견을 열고 중앙정부의 지방자치 압박에 항의하는 단식투쟁에 돌입했다. 물론 단식투쟁 도중 하루에 SNS를 하는 30분에서 1시간 가량을 제외한 나머지 시간 동안 성남시의 시정 업무만큼은 평소와 다름없이 수행하는 것이 원칙이었다.

광화문 광장에 천막을 치고 단식농성에 돌입하던 날, 나는 등 뒤에 다음과 같은 문구가 적힌 플래카드를 내걸었다.

김대중 대통령이 살리고
노무현 대통령이 키우고

박근혜 대통령이 죽이는

지방자치를 지키겠습니다.

내가 단식농성을 시작한 이유가 이 네 줄의 문구 속에 그대로 압축되어 있었다.

단식농성을 한 지 9일째 되는 날, 아침부터 비가 내리고 기온이 뚝 떨어지더니 쌀쌀한 바람이 천막 안으로 들이쳤다. 달력을 보니 6월 15일이었다. 남북한 6·15공동선언을 발표한 지 꼭 16년이 되는 날이었다.

2000년 6월 15일, 김대중 대통령과 북한의 김정일 국방위원장은 분단 이후 최초로 남북정상회담을 가졌다. 그날 두 정상은 남북 화해와 평화통일의 길을 열기 위한 합의를 하고 공동선언문을 채택했다. 그 뒤를 이어 노무현 대통령은 임기 말에 두 번째 남북정상회담을 성사시키면서 한반도의 평화 정착과 통일을 위한 10·4남북공동선언을 발표했다. 역사가 앞을 향해 전진하던 시절이었다. 그러나 지금은 그 주체들이 모두 세상을 떠나고 없다.

마땅히 그 뒤를 이어야 할 이명박 정부와 박근혜 정부는 오히려 남북 관계를 파탄지경으로 몰고 갔다. 10년간 평화통일을 위해 공들여온 6·15공동선언과 10·4남북공동선언이 두 정부에 의해 휴지 조각이 된 것이다. 더구나 박근혜 정부는 남북의 유일한 완충지대이자 남북경제협력의 모델이었던 개성공단마저 폐쇄해버렸다. 개성공단에 입주했던 중소기업들의 경제적 손실도 컸지만, 무엇보다 남북통일의 상징적인 교두보라고 할 수 있는 다리마저 끊어졌다는 안타까움이 가슴을 저리게 했다. 그 안타까움을 가눌 길 없어 나는 다시 하나의 문구를 마음에 되새겼다.

김대중 대통령이 살리고
노무현 대통령이 키우고
박근혜 대통령이 죽이는
한반도 평화를 지키겠습니다.

단식투쟁 중에 내 머리를 가득 채운 두 단어는 '지방자치'와 '한반도 통일'이었다.

그리고 6월 17일, 광화문 광장에 두 번째 방문한 더불어민주당 김종인 비상대책위원장으로부터 "이제는 당에서 해결하겠다"는 약속을 받아낸 뒤에야 나는 11일간의 농성을 멈췄다.

단식투쟁을 하는 동안 서른 세 끼를 굶었어도 나는 허기를 느끼지 않았다. 밥 대신 희망으로 배를 채웠기 때문이다. 그동안 농성장을 찾아준 많은 분들과 SNS를 통해 따뜻한 마음과 위로를 보내준 전국의 자랑스러운 손가락 혁명군들 덕분에 천 끼,

만 끼, 십만 끼 이상을 먹었던 시간으로 소중히 간직될 것이다.
그리고 또 하나, 단식투쟁을 하는 동안 천막 안에서 광화문 광
장을 내다보며 쓴 시 한 편 또한 내 가슴에 영원히 남아 있다.

〈광장〉

진실은 늘 거기 있었다.
수많은 훈수와 현란한 수식을 걷어내면
처음처럼 진실은 그 자리였다.

두려움은 늘 곁에 있었다.
수많은 위기에 험난한 극복을 반복할 때도
두려움은 사라진 적이 없었다.

광장은 거룩한 성지
언제나 진실 앞에 승리하더라.
한없는 두려움에 치를 떨더라.

모일 때 두려움은 힘을 잃고
함께할 때 진실은 용기를 낸다.
얼굴 내민 진실 앞에서

광장은 희망이 된다.

2016년 말 나는 헌법재판소에 청구해놓은 권한쟁의심판의 판결을 더 이상 기다릴 수가 없어 연초에 성남시민과 약속한 3대 무상복지를 실행하기로 했다. 이미 2016년에 책정해놓은 복지예산 194억 원 가운데 절반 수준인 98억 3,500만 원을 지급한 상태였으므로, 해를 넘기기 전에 나머지 95억 6,500만 원을 마저 지급한 것이다.

광화문 단식 투쟁 당시의 기록물들 중 내 마음에 가장 오래 남는 사진 한 장이 있다. 성남 중앙지하상가상인회 분들 앞에서 내가 큰 절을 올리는 사진이다. 단식 5일째인가, 서서히 몸이 지쳐가던 그날, 밤 10시가 지날 즈음 노란 옷을 입은 한 무리의 상인회 분들이 광화문 광장 저편에서부터 다가왔다. 나는 벌떡 일어나 그분들을 맞았다.

"아니, 장사 하셔야지 여긴 왜 오셨습니까?"

그러자 어느 상인께서 내 손을 잡으며 이렇게 말했다.

"오늘은 좀 일찍 문 닫았소. 시장님 보고 싶어서."

가슴이 뭉클해지고 갑자기 눈시울이 뜨거워졌다. 나는 저절로 고개가 숙여졌다. 그리고 엎어지듯이 그분들 앞에 큰 절을 올렸다. 머슴을 위로하려고 찾아와준 주인들이 한없이 고마웠다. 엎드린 등 위로 '힘내세요!', '몸 다치지 마세요!' 응원의 목소리가 세례처럼 쏟아졌다. 그리고 그분들도 모두 엎드려 맞절을 했고 엎드린 몸을 일으킬 생각도 못한 채 나는 생각했다.

'나는 참 행복한 사람입니다.'

평생 가슴에 지니고 살게 될 한 장의 사진은 이렇게 찍힌 것이다.

02

함께
웃을수있는
길을향해

방을 옮깁시다, 가장 낮은 곳으로

시민이라면 누구에게나 열려 있는 곳

•

성남시장 취임 당시만 해도 시장실은 9층에 자리 잡고 있었다. 청사에서 가장 높은 곳이었다. 규모 또한 초등학교 교실 몇 개를 합친 것만큼 넓은 데다 전용 엘리베이터까지 따로 마련되어 있었다. 건물 구조만 놓고 봐도 시장의 권위를 지키기 위해 안간힘을 쓴 흔적이 역력했다. 로비에서 전용 엘리베이터를 타고 꼭대기 층으로 올라가 들어앉기만 하면 바깥세상과 철저히 격리될 수 있었다. 평범한 시민들이 시장을 만나려면 사전에 어렵사리 허락을 받은 뒤에도 몇 단계의 까다로운 절차를 거쳐야만 했다. 그만큼 만나기 어려운 '높으신 분'의 자리에 내가 올라와 있는 셈이었다. 시민의 머슴이 되겠다고 자처한 사람에게는 도무지 어울리지 않는 높이가 아닌가. 내 아버지 세대 이전부터 지금 이 순간까지 얼마나 많은 민초들이 이처럼 높은 곳을 원망스럽게 쳐다보며 한숨지었을까.

나는 성남시가 한눈에 내려다보이는 시장실을 바라보며 당장 해야 할 일들을 정리했다. 첫 번째 항목은 '시장실 이전'이었다.

"방을 옮깁시다. 가장 낮은 곳으로."

1층 로비는 시민들을 위한 각종 회의 공간으로 활용되고 있었기 때문에 청사에서 가장 낮은 곳은 2층이었다. 당선 후 취임 준비 기간 중에 시장실을 2층으로 옮기겠다는 말에 직원들은 손사래를 쳤다.

"시장님, 그건 곤란합니다. 시민들이 막무가내로 밀어닥칠 겁니다. 시장실을 점거하는 일까지 허다하게 발생할 수 있습니다."

"시민들이 민원을 가지고 오면 당연히 만나야지 왜 피합니까? 만나서 듣고 최대한 해결해줄 수 있는 것들은 해결해줘야지요. 시장이 죄지은 것도 아닌데 어째서 구중궁궐 같은 곳에 숨어 있어야 합니까?"

"시장님, 민원인들이 어디 한둘이겠습니까? 단체로 우르르 몰려오면 감당 못 합니다."

직원들만 이 결정을 반대하는 게 아니었다. 시장실을 2층으로 옮긴다고 소문이 나자 시청사 관할인 중원경찰서와 심지어 검찰에서까지 반대하고 나섰다. 시장실 점거 농성 같은 사태가 벌어지면 여러 가지로 곤란한 점이 많다는 것이 이유였다.

"그런 사태가 벌어지지 않도록 해야지요. 시민들이 시장실을 점거할 정도로 분하고 억울한 일이 있다면 그만큼 시정에 문제가 있다는 뜻이잖아요. 그럼 마땅히 고쳐야지요. 그게 시장이 하는 일 아닙니까?"

'참 순진한 양반일세.'

직원들 표정이 딱 그러했다.

"가능한 한 빨리 옮깁시다."

그들의 마음을 알면서도 나는 고집을 굽히지 않았다.

성남시장으로서 첫 업무는 시장실 이전이지만 사실 이것은 직원들과 시민, 그리고 나 자신에 대한 일종의 선언이었다. 관행을 없애겠다는 것, '이제껏 쭉 이렇게 해왔으니 앞으로도 계속 그렇게 해야 한다'는 구태정치의 고정관념을 뿌리 뽑겠다는 약속이었다.

선거 때만 한 표 더 얻으려고 유권자들을 찾아다니며 악수하고 미소 짓는 후보들이, 막상 당선되고 나서는 시민들과 벽을 쌓고 만나주지 않는 관행을 우리는 얼마나 많이 봐왔던가. 후보일 때는 유권자의 심부름꾼이라며 굽실거리다가 정작 당선되고 나서는 언제 그랬냐는 듯 주인 행세를 하려 드는 정치인들의 이률 배반적인 행태에 얼마나 치를 떨어왔던가.

국가의 주인은 국민이고 정치인들은 국민들이 고용한 한시적 머슴에 불과하다. 민주주의의 기본 원칙이다. 문제는 정치인들의 상당수가 거꾸로 행동한다는 점이다. 국민이 잠시 빌려준 권한으로 주인 행세를 하고, 가능한 한 높은 곳에 올라가 국민 위에 군림하려 들지 않는가. 게다가 그 자리에 오르기 위해 뿌려댄 선거자금을 다시 채우려고 온갖 비리를 저지른다면 그것은 더 이상 정치가 아니라 강도짓에 지나지 않을 것이다.

내가 싸워야 할 상대는 그런 구태정치의 썩은 관행들이지 결코 시민이 아니다. 시민들이 떼 지어 몰려오는 것을 두려워해서 저 높은 청사 꼭대기로 숨으려 한다면 이미 자격 상실이다. 나는 지칠 때까지 시민들의 하소연에 귀 기울이고 대화에 임하려고 시장이 된 것이다. 주인이 하는 말을 끝까지 듣고 그대로 따르는 것이 머슴된 자의 도리가 아닌가.

닫으면 막히고, 막히면 썩는 법

•

마침내 시장실을 2층으로 옮겼다. 그리고 누구든 자유롭게 시장실을 방문할 수 있도록 문을 활짝 열었다. 1층에서 구태여 엘리베이터를 타지 않아도 계단을 통해 시장실로 들어올 수 있게 된 것이다.

예상했던 대로 개방을 하자마자 한 무리의 시민들이 들이닥치기 시작했다. 예전에 실시된 이주 대책에서 소외된 분들이었는데, 이미 전임 시장 시절부터 꾸준히 민원을 제기해오던 터였다. 민원을 끝까지 경청하고 보니 현행 법률상 불가능한 일을 해결해달라고 요구하는 것이었다. 시장의 권한으로 최대한 민원을 들어주고 싶었지만, 그것이 법에 어긋나는 일이라면 나로서도 거부할 수밖에 없었다.

"여러분, 법은 공정해야 합니다. 만인에게 평등한 것이 법입니다. 특정 다수의 이익을 위한 일이 더 많은 사람들에게 피해를 준다면 그것은 공정하지 않습니다. 저는 법을 어기면서까지 여러분을 도와드릴 수는 없습니다."

나는 법률에 근거해 일일이 예를 들어가며 설명했다. 하지만 민원인들은 급기야 시장실까지 점거한 채 농성을 벌이기 시작했고, 대화는 일방적으로 단절되었다.

시민들의 민원에도 다양한 종류가 있다. 물론 힘 없는 개인들의 억울한 민원이 대부분이지만 때로는 자신들의 이익을 위해 기세를 이루어 밀어붙이는 민원도 있다. 머릿수가 많고 목소리가 크면 이긴다는 식의 행동은 구태정치에서나 있었던 일이다. 아직도 그것을 믿고 집단으로 몰려와 큰소리로 외쳐대는, 말하자면 '민원을 빙자한 억지 주장'은 이제 사라져야 하지 않을까. 이처럼 법을 어기면서까지 들어달라고 하는 억지 요구들을 과감하게 잘라내는 것 역시 시장으로서 내가 해야 할 일이었다. 하지만 그 과정에도 민주적인 절차와 시민에 대한 배려가 있어야 한다.

"시장실 열쇠를 저분들에게 맡기십시오."

일과가 끝나자 나는 농성 중인 시민들에게 시장실 열쇠를 내주고 퇴근했다. 밤샘 농성을 할 수 있도록 최대한 배려하기 위해서였다. 그리고 마음껏 대자보를 써 붙일 수 있게끔 커다란 전지와 매직펜까지 제공해주었다.

"밤샘 농성에 필요한 것들이 또 있는지 물어보고 가능한 한 들어드리세요."

비록 법에 어긋나는 막무가내식 요구라 할지라도 얼마든지 자유롭게 의사를 표현할 수 있도록 조치해줘야 한다는 것이 나의 생각이었다. 그렇게 퇴근해버리자 시장에게 무조건 해결을 강요하던 그들로서는 이제 더 이상 시장실을 점거해야 할 이유가 없어진 셈이었다. 결국 밤 10시가 되자 농성하던 사람들도 하나둘 자리를 뜨기 시작했다.

그 이후로도 집단 민원은 계속 이어졌고, 나는 계속해서 대화에 임했다. 이따금 도저히 들어줄 수 없는 주장들을 가만히 살펴보면 과거의 관행에서 비롯된 것들이 대부분이었다. 자신들의 요구가 불법인 줄 뻔히 알면서도 왜 무리하게 집단 민원을 제기하는 것일까? 그것은 예전부터 강요에 못 이겨 들어주거나 혹은 나중에 해결해주겠다며 지키지도 못할 약속을 해왔던 시 행정의 관행들 때문이었다. 그런 강요에 굴복하거나 지키지 못 할 약속을 남발한다면 나 역시 구태정치의 부역자가 될 수밖에 없을 것이다. 상상할 수도 없는 일이다.

시장실 개방 이후 수차례의 집단 농성 사태가 빚어졌지만 나 는 법에 저촉되는 일에는 일체 타협하지 않았다. 그러자 시장실 을 점거하던 집단 민원들이 점점 줄어들더니 나중에는 말끔하 게 사라지게 되었다.

선의를 갖고 민원을 제기해오는 시민들에게는 현행법상 안 되는 이유를 조목조목 열거해가며 충분히 납득할 때까지 설득 하고 또 설득했다. 아울러 현재 상황에서 실현가능한 현실적인 방안들을 설명해주었다. 이따금 공감한다며 박수를 보내오는 시민들도 있었고, 뒤늦게나마 알게 되어 고맙다며 눈물을 글썽 이는 분들도 있었다.

'진실은 어디에서나 통하는구나.'

그 평범한 말이 새삼 가슴에 와닿았다.

이런 과정을 통해 나는 대화야말로 시장으로서 가장 중요한 역할이자 임무라는 사실을 절감했다. 그 뒤로 나는 성남시 각 지역마다 게시판에 '시장과의 대화 시간'이라는 제목의 담화문을 써서 붙이도록 했다. 아파트 단지별로, 각 동별로, 때로는 마을 단위로 날짜를 바꾸어가며 시민들과 만나 허심탄회하게 대화를 나누겠다는 뜻이었다.

"시장님, 성남시민들을 하나하나 다 만나보시겠단 말씀이세요?"

"당연하죠. 시민의 머슴인 시장이 주인들의 마음을 알아야 심부름꾼 역할을 제대로 해낼 수 있지 않겠어요?"

'시장과의 대화 시간'을 갖기 위해 성남시 각 지역을 도는 데만 두 달 이상이 걸렸다. 소통을 위한 두 달 간의 대장정은 내게 참으로 귀한 시간이었다. 나는 비로소 시민들이 무엇을 원하는지, 주로 어떤 민원들을 호소하는지 정확히 알게 되었다.

그 뒤로 시장실을 찾는 집단 민원은 거의 사라졌고, 그 대신 청사를 탐방하려는 학생들이나 단체손님들이 늘기 시작했다. 나는 특히 시장실까지 찾아와주는 학생들이 고맙고 반가웠다. 헬조선이라는 끔찍한 자조에도 희망을 잃지 않는 젊은이들에게서 나의 빈곤했던 청년 시절을 떠올리기도 했다. 나는 그 젊은 친구들에게 '꿈과 희망'이라는 말과 함께 그 시절 내게 가장 필요했던 진심어린 조언을 들려주곤 했다.

"시장님, 사진 한 번 같이 찍으시죠?"

젊은이들 틈에 끼어 친구처럼 어깨동무를 하고 활짝 웃으며 사진을 찍을 수 있다는 것은 행복이 아닐 수 없다. 물론 이 행복을 잃지 않으려면 스스로 끝까지 소신을 지켜나갈 수 있어야 할 것이다.

정치는 소통이다. 지칠 때까지 경청해가며 공감을 이루어내는 과정이 정치의 핵심이다. 이 단순한 진리를 망각했을 때 어떤 일이 벌어지는지 우리 국민은 2016년 말에 이르러 뼈저리게 느꼈다.

우리 역사상 '불통의 대명사'로 남게 될 박근혜 정부의 실패 요인은 문을 닫은 데에서 비롯되었다. 대통령이 문을 닫아걸자 청와대는 구중궁궐이 되었고, 국민은 물론 여야 정치인, 정부 각료, 심지어 비서진들마저도 불통의 희생양이 되어버렸다. 바람이 통하지 않고 물이 흐르지 못하면 그 땅은 황폐해지는 법이다. 피가 통하지 않는 몸에 어혈이 지듯이 나라 곳곳에 피멍이 생기고 국정 파행으로 인해 속절없이 썩어 들어갔다. 어쩌자고 이토록 철저히 문을 닫아왔단 말인가?

토요일마다 광화문을 비롯해 전국 곳곳을 밝히는 촛불의 의미는 '민주주의를 밝히자'는 것이다. 아직도 효자동 어딘가에 민주주의가 무엇인지 모르는 사람들이 있기에 새삼 알려주고 싶다. 민주주의란 문을 활짝 여는 것이요, 맑고 투명하게 이야기를 나누는 것이다.

사람 속에 길이 있다

어떤 선택이든 상관없다

•

시장실을 시민들에게 개방한 뒤부터 노크 소리가 들릴 때마다 은근히 설레곤 한다. 물론 초기에는 민원인들이 대부분이었지만 시간이 지나면서 젊은 방문객들이 점점 늘기 시작했다. 그들의 방문 목적은 민원이 아니라 주로 '대화'였다.

"시장님하고 얘기를 좀 나누고 싶어요."

아직 앳된 얼굴에 초롱초롱한 눈빛을 가진 청소년 방문객들이 들어설 때마다 방 안의 분위기가 확 달라진다. 그들과 이야기를 나누고 기념촬영을 하는 시간은 내게 더없이 신선한 자극이자 단비 같은 휴식이다.

"시장님은 정말 좋으시겠어요. 성공하셨으니까."

이런 질문은 주로 취업을 걱정하는 학생들 입에서 나온다.

"왜 그렇게 생각하지?"

"시장이 되셨잖아요. 그게 성공이 아니고 뭐겠어요?"

"글쎄, 정말 그럴까?"

솔직히 나는 무엇이 성공이고 무엇이 실패인지 잘 모른다. 시장직이라는 것도 내가 지속적으로 성장해가는 과정 속의 한 시기일 뿐 성공이란 말로 포장할 생각은 없다. 다만 시민들이 꿈꾸는 삶을 위해 정책을 세우고, 그 목표치에 다가가는 과정이 성공적이기를 바랄 따름이다.

사실 우리 젊은이들은 유독 성공과 실패에 민감한 편이다. 그만큼 조급하고 불안하다는 뜻이다. 성공에 대한 부러움과 갈망이 클수록 실패에 대한 두려움도 함께 커지는 것이다.

나는 그 젊은 친구들에게 해줄 말이 많다. 그래서 여러 강연 중에서도 청소년들을 위한 강연 요청이 들어올 때마다 마음이 들뜬다. 특히 중·고등학교에서 강연 요청이 들어오면 한달음에 달려가곤 한다. 물론 나는 중학교, 고등학교 생활을 해보지 못했지만 그렇다고 해줄 이야기가 없는 것은 아니다. 아니, 오히려 더 많다. 공장에서 일하던 시절, 담 너머로 내 또래 학생들을 바라보며 한없이 부러워하던 기억들이 떠올라 강연 도중에 목이 잠길 때도 있다.

청소년들 앞에서 강연을 할 때마다 나는 '사람이 지닌 진정한 힘'에 대해 생각하곤 한다. 오늘날 청소년들이 꿈꾸는 '성공의 길'이 바로 사람 속에 있기 때문이다.

누구나 행복한 삶을 위해 성공을 목표로 살아간다. 그런데 '무엇이 성공인가?'에 대해서는 개인적 욕망의 크기에 따라 천차만별이다. 게다가 성공이란 신기루와 같아서 잘 잡히지도 않는다. 치열한 노력 끝에 어느 정도 성공했다고 생각하면 다음 단계가 기다린다. 또 다른 욕망이 더 높은 성공을 부추기기 때문이다. 결국 성공으로 향하는 길은 언제나 산 너머 산이다. 엄밀히 말하면 욕망이 멈추지 않는 한 진정한 성공이란 없는 것과 같다.

만일 더 이상 바랄 게 없는 '100퍼센트 성공'을 꿈꾼다면 두 가지 조건을 생각해볼 수 있다. 하나는 신의 능력을 갖는 것이고, 또 하나는 아무것도 모르는 바보가 되는 것이다. 물론 이 두 가지 모두 인격을 지닌 인간으로서는 선택 불가능한 영역에 속한다.

신이 되거나 바보가 되어야 하는 100퍼센트 성공이 아니라면 '쉬운 성공'을 생각해볼 수도 있다. 방법은 간단하다. 성공의 목표를 최대한 낮춰 잡는 것이다. 예를 들면 '세 끼 밥 굶지 않고 사는 것'도 하나의 성공 목표가 될 수 있다. 사실 이 정도 목표마저 버거워하는 이들도 있겠지만 대다수 사람들에게는 가장 낮은 수준의 목표일 것이다. 중요한 것은 목표를 최대한 낮춤으로써 '작은 성공의 기쁨'을 여러 차례 맛봐야 한다는 것이다. 처음 산에 오르는 사람이 험준한 산맥부터 오를 수는 없지 않은가. 낮고 완만한 언덕부터 차근차근 오르며 산에 익숙해지는 것이 현명하다. 등산처럼 성공도 습관이다.

다음 문제는 선택의 기술이다. 두 가지 이상의 선택을 놓고 '성공할 수 있을까?', '실패하면 어떡하지?' 하며 고민하느라 귀한 시간을 낭비하는 것은 어리석은 일이다. 나는 선택의 어려움을 겪고 있는 젊은이들에게 늘 이렇게 말한다.

"어떤 선택을 해도 상관없습니다."

미세한 차이 때문에 선택에 어려움을 겪는다면, 눈 딱 감고 찍거나, 동전을 굴리는 것이 좋다. 그 작은 가능성의 차이에 연연하는 것보다, 그 시간에 그것을 상쇄하고도 남을 만큼 더 노력한다면 오히려 더 좋은 결과를 만들 수 있다는 것이 내 지론이다. 성공할 수도 실패할 수도 있지만, 그 과정은 고민하는 시간보다 더 값진 내 인생의 자양분이 된다.

이렇듯 세상이 순환의 법칙에 의해 돌아간다는 사실을 받아들인다면 좀더 담담하고 의연한 자세로 살아갈 수 있다. 산이 높으면 계곡이 깊고, 강물은 굽이치며 흘러가듯 세상은 성공과 실패, 즐거움과 괴로움, 행복과 불행이 반복되며 지속적으로 나아간다. 만약에 인생에서 성공과 즐거움, 행복과 호황만 있다면 그것이야말로 가장 무미건조한 삶이 아닐까? 실패와 괴로움, 불행이라는 자극이 없다면 지속 가능한 발전은 기대하기 어렵다.

내가 살아온 인생이 그러했다. 내 인생에서 빛나는 순간들이 있다면 그것은 어려움을 견디며 살아온 그림자의 세월이 만들어준 것이다. 가난했던 10대 공원 시절은 비록 어둠의 시간들이었지만 돌이켜보면 그 속의 고난과 괴로움이 나를 성장시켰다.

가장 경계해야 할 것은 별다른 노력 없이 수월하게 성공의 단계에 올라서는 것이다. 이것은 성공이 아니며 오히려 위험하기까지 하다. 왜냐하면 이런 종류의 '가짜 성공' 속에는 늘 교만이 싹트기 때문이다. 이보다는 차라리 '최선을 다한 뒤의 실패'가 훨씬 긍정적이다. 그 실패 속에는 반드시 겸손과 더불어 희망이 싹트기 마련이다.

아이디어는 사람에게서 나온다

•

지금까지는 돈을 잘 버는 일들이 대체로 합리적인 영역에 속해 있었다. 다시 말해 분석하고, 계산하고, 예측하고, 측정하는 일들에 많은 사람들이 종사해왔다. 하지만 이제는 그런 일들을 컴

퓨터가 대신해주고 있다. 과학이 급속도로 발전을 거듭하며 인공지능시대, 4차 산업시대로 치닫고 있는 오늘날, 우리는 이제 '사람'이 할 수 있는 일에 대해 고민해야 한다.

기계적 두뇌로는 하기 힘든 일들, 가령 전에 없던 것을 상상하고, 묻힌 것을 캐내고, 또 그것을 자기 것으로 만들어 다른 사람과 공유하는 일들은 사람의 영역에 속한다. 이제야말로 진정 원하는 것을 찾아내어 창의적으로 일하는 능력이 필요해진 것이다. 예를 들면 '총각네 야채가게'와 같은 아이디어가 자연스럽게 나올 수 있어야 한다는 이야기다. 무일푼 오징어 행상에서 출발한 젊은 총각이 연 매출 600억 원의 농수산식품유통업체를 운영할 수 있었던 것은 종자돈이 아닌 '아이디어 씨앗'이 있었기 때문이다. 그 씨앗은 단순하지만 누구도 관심 두지 않았던 '질문'에 있었다.

'어째서 동네 슈퍼의 아주머니나 장터의 할머니들만 야채가게를 할까?'

무나 배추처럼 무거운 야채는 힘센 총각이 더 잘 나를 수 있지 않은가. 게다가 식료품을 사러오는 주요 소비자는 가사에 종사하는 어머니들이다. 그는 스스로 질문을 던지고 답을 찾아가는 과정에서 결국, '총각네 야채가게'를 만들어 냈다. 이렇게 시작한 가게가 훗날 연 매출 600억 원의 유통업체로 성장한 것이다. 이러한 '사람 중심의 아이디어'는 결코 교실에서 배울 수 있는 것이 아니다. 그렇다면 이제 교육의 문제를 들여다봐야 한다.

변화하는 시대에 맞춰 이제는 교육의 방식도 달라질 수밖에 없을 것이다. 정답을 숨겨놓고 그것을 찾아내 답하는 식의 시험 제도는 과거의 유산이다. 세상이 원하는 것은 전에 없던 가치를 만들어낼 수 있는 역량이다. 많이 외우고 정답 잘 찾는 학생을 길러내는 오늘날의 교육으로는 그런 역량을 키우기 어렵다. 새로운 가치는 새로운 질문에서 나온다. 이제 스스로 문제를 만들어내고 질문하는 능력이 필요하다.

공교육의 전면적인 개혁은 이제 선택이 아니라 생존의 문제다. 오로지 대학 입시를 위한 현재의 시스템은 공평한 교육의 기회를 주는 것이 아니라 차등교육이 되어버린 지 오래다. 겉으로는 평준화라는 명목으로 그럴 듯하게 포장되어 있지만, 사실은 사교육을 조장해 비싼 학원비를 낼 수 있는 가정의 자녀들만 좋은 대학에 가는 우월적 지위를 갖게 되었다.

나는 우선 내가 할 수 있는 범위 내에서 변화를 이끌어내야 한다는 생각에 성남시의 교육환경부터 바꿔나가기로 했다. 성남시의 경우 창의교육 지원사업으로 200억 원을 출연해 시내 각 학교에 지원을 하고 있다. 물론 이것은 출발에 불과하다. 앞으로의 공교육은 전면적인 개혁을 통해 창의적인 인재를 양성하는 쪽으로 방향을 잡아야 할 것이다.

개인이 아닌 '우리'의 시대로

•

이제 누구나 인터넷을 통해 정보를 공유하는 시대가 되었다. 인터넷이 이처럼 발달하기 전에는 정보를 선취하고 장악하는 사람에게 기득권이 주어졌다. 그리고 그 기득권을 무기로 하여 권력을 독식하고 경제력을 키워나갔다. 즉, 정보를 가진 사람이 권력을 행사함으로써 시대를 이끌어가는 리더 행세를 했던 것이다.

그러나 정보화시대인 지금은 모든 사람이 동시다발적으로 정보를 공유하고, 또 그것을 스스로 해석해 정보를 재창출하며 불특정 다수와 교류할 수 있다. 이처럼 활발하게 정보를 공유하다 보니 정보 장악에서 개개인의 차이가 거의 나지 않는다. 이제는 정보를 해석하는 미세한 차이가 승부를 결정짓는 시대다. 따라서 정보를 공유하는 친구가 많을수록 유리해질 수밖에 없다. 인적 네트워크의 중요성이 점점 부각되는 까닭은 바로 여기에 있다.

인적 네트워크란 말 그대로 많은 친구들과 연결되어야 한다는 뜻이다. 손 안에 들어오는 스마트폰이 친구를 만들고, 사람을 부르고, 대중을 모이게 하는 정류장 역할을 해준다. 누구나 네트워크를 통해 손쉽게 친구가 될 수 있는 시대가 된 것이다. 인적 네트워크 세상에서는 남녀노소를 불문하고, 직급과 권위가 무시되며, 누구나 대등한 위치에서 만나 정보를 교류할 수 있다. 이제 누구나 공적 관심을 통해 기회를 공유하고, 경쟁의 장도 더욱 넓어지는 형태로 세상이 바뀌어가고 있다.

그렇다면 인적 네트워크 시대에 요구되는 개인의 능력은 무엇일까? 바로 '공감 능력'이다. 인공지능이 아무리 발달해도 공감만큼은 오로지 사람만의 능력이며, 특히 네트워크 공간에서는 개인이 아닌 '우리'를 생각하고, 느끼고, 사랑하는 능력이 절실해질 것이다. 또 그런 사람일수록 인적 네트워크를 훨씬 잘 구축할 수 있다.

팔로어follower가 많은 사람에게는 더욱 많은 기회가 주어지게 마련이다. 그렇다. 친구는 많을수록 좋다. 기회 공간이 넓어지기 때문이다. 그 친구들과 더불어 잘 사는 사회를 만들어가는 공적 네트워크의 이상향이 점점 현실로 다가오고 있다.

진정한 보수의 가치를 되찾을 시간

눈부신 촛불 속에서 피어난 민주주의

•

대한민국의 보수와 진보는 첫 단추부터 잘못 꿰어진 채 비정상적인 사회 통념으로 굳어져왔다. 거슬러 올라가면 대한민국의 정부가 탄생할 때부터 보수와 진보의 이념은 엇박자를 내기 시작했다. 물론 이 엇박자의 단초를 제공한 것은 남북 분단이다. 이승만의 자유민주주의 정부가 남한을 지배하고, 김일성의 공산주의 정권이 북한을 지배하면서부터 '어긋난 첫 단추'의 비극은 시작되었다.

당시 친일 세력을 등에 업고 편법으로 정권을 창출한 이승만 정권은 수십 년간 일제에 부역해온 자들이 경찰·군인·공무원·교수·교사 등 사회 각 부문의 요직을 장악하게 했다. 그리고 일제강점기 때부터 부를 축적해왔던 기업인들과 정치인들이 한통속을 이루어 이른바 '정경유착'의 뿌리를 내리기 시작했다. 이후 이들 친일 세력과 정치인들이 기득권을 형성하면서 '보수'를 자처했고, 이에 맞서 그들의 정치농단을 막으려는 세력은 자연히 '진보'로 분류되었다. 이때부터 '보수'와 '진보'의 본래 의미가 완전히 왜곡되기 시작한 것이다.

알다시피 보수니 진보니 하는 개념은 프랑스 대혁명에서 비롯되었다. 당시 프랑스의 국민의회는 전통을 계승하고 기존의 질서와 왕정을 유지해가며 온건적으로 개혁하자는 왕당파와 정치체제를 근본적으로 바꾸어야 한다는 공화파로 나뉘어 있었다. 이때 왕당파는 의회의 우측에, 공화파는 좌측에 앉음으로써 자연스럽게 우파(보수)와 좌파(진보)로 분류되었다.

그러나 우리나라에서는 보수와 진보의 개념이 정부수립 당시부터 잘못되어 있었다. 친일파와 기득권을 유지하려는 정치 세력이 보수의 탈을 쓴 채 우파를 자처했고, 그들의 정치 책략에 반대하는 모든 세력을 진보 좌파로 규정해버린 것이다. 그리고 이때부터 우리의 정치는 진정한 보수와 진보의 개념을 무시한 채 오로지 진영 싸움만을 거듭해왔다. 이 무모한 좌우 대립은 대한민국 정치를 삼류 수준으로 전락시켰으며 그 피해는 고스란히 국민들 몫으로 돌아가고 말았다. 그런데 문제는 보수와 진보의 대결이란 것 자체가 잘못된 설정이라는 점이다. 왜냐하면 보수임을 내세우는 그 세력들 대다수가 가짜 보수이기 때문이다. 진짜 보수는 다른 곳에 있었다.

2016년 말에 터진 박근혜-최순실 게이트 사건으로 인해 전국의 주요도시들은 또다시 촛불로 뒤덮였다. 나 역시 매주 토요일마다 광화문으로 달려가 백만 촛불의 눈부신 대열에 동참했다. 그리고 그 현장에서 다시 깨어났다.

우선 대한민국 국민들이 대의민주주의 정치를 정확히 인식하고 있다는 사실에 감탄했다. 기존의 정치인들이 따라갈 수 없을 만큼 국민들의 정치 의식은 높았고, 그 방법도 놀라울 정도로 당당하고 가히 혁명적이었다. 기존 정권의 부패와 무능을 칼날처럼 비판하면서도 전혀 과격하지 않고 조용히, 차분하게 자기 뜻을 주장하는 그 진화된 시위 문화는 전 세계에서 전례를 찾아볼 수 없을 만큼 경이로움 그 자체였다.

그 혁명적 시위 현장에서 나는 지금의 촛불시위가 앞으로 대한민국 보수의 개념을 재정립할 수 있게 해주는 바로미터가 될 것이라고 예감했다.

촛불시위에 동참하거나 텔레비전을 보며 응원하는 대다수의 국민들은 보수·진보가 아닌 보수의 탈을 쓴 사회악의 청산을 원하고 있다. 내가 시종일관 '박근혜의 퇴진과 구속'을 주장한 것도 국민의 뜻이 바로 거기에 있었기 때문이다.

그렇다면 해방 이후 줄곧 보수를 자처하며 기득권을 누려온 기존의 정치인들, 즉 국민들로부터 '꼴통 보수'라는 비난을 받고 있는 우파들은 어떻게 분류해야 할 것인가. 한마디로 그들은 '가짜 보수'다. 그들은 다만 보수라는 탈을 쓴 채 부와 권력을 누리며 어떡하든 그 자리와 위치를 고수하려는 탐욕의 무리일 뿐이다.

현재 기득권을 쥐고 있는 새누리당의 부자 감세 정책을 보라. 그들은 부자들에게 감세를 해주면 투자를 늘려 더 많은 고용을 창출하고, 수출 증대로 경제 발전을 이룩해 국민총생산GNP이 올라갈 것이라고 한결같이 주장한다. 거짓말이다. 대한민국 10퍼센트의 부유층에게 부자 감세를 해주는 만큼 90퍼센트의 서민층 국민들은 더 많은 세금을 내야한다. 사실 1998년 국제통화기금IMF 구제금융 사태 이전까지만 해도 중산층이 존재했지만, 그 이후 대부분이 서민층으로 전락하고 말았다. 또한 중산층이 차지하던 몫이 상위 10퍼센트의 기득권층으로 옮겨가서, 그들이 이제는 국민 전체 소득의 45퍼센트를 차지하고 있다. 결국 그 상위 10퍼센트에게 부자감세를 해줌으로써 나머지 90퍼센트의 국민들이 감세 부분을 충당해야 하는 것이다.

분노한 촛불의 잠재적 발화점은 바로 여기에 있다. 가짜 보수들이 저질러놓은 불균형과 양극화 현상에 대한 준엄한 심판이 박근혜-최순실 게이트를 만나 촛불로 타오른 것이다.

박근혜-최순실 게이트는 한마디로 정경유착의 표본이며, 대한민국을 '그들만의 세상'으로 만들려 했던 기득권 정치세력들의 노골적, 혹은 암묵적 합작품이다. 그 오만과 위선이 곪고 곪아 마침내 터지긴 했지만 사실 박근혜-최순실 게이트는 빙산의 일각에 불과하다.

해방 이후 기득권 세력들이 보수의 가면을 쓰고 자행한 정경유착의 행태들은 대부분 드러나지 않은 채 아직도 수면 아래에 도사리고 있다. 그래서 2016년부터 타오른 국민의 촛불은 앞으로 싸워나가야 할 더 큰 적들에 대한 선전포고인 셈이다.

진보와 보수의 싸움이 아니다. 진짜 보수와 진보가 힘을 모아 마침내 가짜 보수들을 역사의 뒤안길로 몰아내는 싸움이어야 한다. 너무도 오랫동안 '진정한 보수'의 가치를 유린해왔던 가짜 보수들은 이제 사라져야 한다.

매주 토요일마다 아이들의 손을 잡고 눈보라 휘날리는 광장으로 향하던 가족들, '정유라 입시 부정'에 분노하여 촛불을 든 학생들, 불합리한 세금 정책에 억장이 무너졌던 유리지갑 직장인들, 이 대다수의 국민들이 간절히 원하는 것은 과연 무엇일까?

국민은 상식이 통하고 정의가 바로 서는 세상, 대한민국의 진정한 가치가 빛을 발하는 세상을 갈망한다. 그런 세상으로 나아가려면 가장 먼저 진짜 보수를 보수의 탈을 쓴 사회악에서 철저히 분리해내야 한다.

알맹이만 남고 껍데기는 가라

•

대규모 촛불집회가 열리는 광장의 한쪽에는 또 다른 목소리를 내는 무리들도 있었다. '박사모'를 필두로 한 그 세력들은 끝이 안 보이는 촛불 행렬을 가리켜 '종북'이라 불렀다.

종북, 귀에 딱지가 앉을 만큼 그 지긋지긋한 단어를 도대체 언제까지 입에 달고 살 것인가. 해방 이후 반세기가 넘도록 보수의 탈을 쓴 채 기득권을 유지해왔던 자들에게 종북이란 말은 절대 버릴 수 없는 만능 사냥 도구와 같다. 그들의 파렴치한 사냥 행위는 촛불 정국 속에서도 버젓이 행해졌다. 광화문 촛불집회 현장에서 내가 "대통령도 죄를 지으면 감옥에 보내야 한다!"라고 주장하자 그들은 기다렸다는 듯이 나를 종북으로 몰아붙였다.

종북이란 말은 이성적 판단과 논리를 깡그리 무시한다는 점에서 반지성적이며 지극히 반민주적인 용어가 아닐 수 없다. 그래서 종북을 입에 올리는 자들과는 애초에 대화가 불가능하다. 정치인으로서 시종일관 법을 지키고, 법대로 해야 한다는 주장을 일관되게 역설해온 내가 어째서 종북인지, 납득할 수 있는 증거를 나는 한 번도 본 적이 없다. 대한민국 헌법을 수호해야 한다고 주장하는 사람에게 한사코 '종북 올가미'를 씌우려는 그들의 저의를 이제 국민들도 알고 있다.

스스로 보수라고 자처하는 기득권 세력과 그 추종자들은 대부분 친일 매국 세력의 맥을 잇는 자들로서 수십 년간 보수의 탈을 쓴 채 국가 시스템을 마음껏 유린해왔다. 이제 그 오래된 가면은 촛불의 열기로 녹아내리고 있다.

혹자는 입만 열면 복지를 외친다는 이유로 나를 진보 좌파 정치인이라 부르기도 한다. 보수도 되지 못하는 반민주 세력이 보수의 자리를 차지한 대한민국에서 나는 진보가 맞지만, 법과 상식 원칙을 중시하는 나는 교과서적인 의미에서 진보에 속하기 어렵다. 녹색당, 노동당, 정의당 정도는 되야 진보라고 할 수 있지 않을까? 대한민국 헌법 제34조 제2항에는 "국가는 사회보장, 사회복지의 증진에 노력할 의무를 지닌다"고 적혀 있다. 나는 헌법에 따라 성남시의 재정을 아껴가며 더 많은 시민들에게 골고루 혜택이 돌아가도록 했을 뿐이다. 이미 합의된 헌법에 따라 시민의 삶을 향상시키려는 지자체장을 밑도 끝도 없이 '진보 좌파'로 지목하는 속셈을 모르는 바는 아니다. 보수의 탈을 쓴 자들에게 진보 세력이란 언제든 종북으로 내몰 수 있는 잠재적 사냥감이기 때문이다. 자신들이 보수임을 가장하는 장치이기도 하다. 정치권으로 국한해서 볼 때 새누리당은 대부분 보수라고 할 수조차 없는 부패 기득권 세력이다.

최근 어느 경상도 어르신과 나누었던 전화 통화가 내내 잊히지 않는다.

"나는 평생 보수를 지지해온 사람이올시다. 그러니까 젊은 사람들이 말하는 보수 꼴통인데, 이 시장이 성남시를 '떠나고 싶은 도시'에서 '이사 가고 싶은 도시'로 만들었다는 얘기를 듣고는 생각을 바꿨소이다. 그러니까 이 시장과 나는 같은 마음이올시다."

진짜 보수란 바로 이런 분들이다.

2016년을 거대한 촛불과 함께하면서 대한민국 국민들은 이제 진짜 보수와 진보가 제대로 경쟁하는 세상을 보고 싶어 한다. 이제껏 보수의 탈을 써왔던 새누리당은 물론 새누리당에서 탈당한 세력 역시 성형수술을 한 가짜 보수에 불과하다. 다수의 서민보다 소수 기득권층의 이익을 위해 정책을 펴왔던 가짜 보수들의 입지는 갈수록 좁아져 마침내 역사의 벼랑 끝으로 내몰릴 것이다. '껍데기'는 가고 '알맹이'만 남을 것이다.

모든 거짓 세력이 사라지고 알맹이만 남은 세상에서는 더 이상 이념의 잣대로 사람을 규정하는 일 따위는 없을 것이다. 나는 좌파의 정책이든 우파의 정책이든 다 가져다 쓸 수 있는 실용주의자임을 자부한다. 그리고 그 실용주의의 중심에는 보수

진보로 강제 분류당할 이유가 없는 대다수의 국민들이 있다. 거듭 말하지만 국민들이 진정으로 원하는 것을 충족시켜주는 것이 바로 정치다.

골목길에서 사람의 마음을 만나다

낙선이라는 쓰라린 패배

•

성남시장 선거에 출마하겠다고 결심하기는 했지만 나는 아무런 준비가 되어 있지 않았다. 처음에는 무소속으로 출마할 생각이었다. 그런데 2005년, 여야 합의로 공직선거법 개정이 이루어졌다. 개정된 법에 따르면 2006년 5·31지방선거부터 기초의회까지도 정당 공천을 한다는 것이었다.

무소속 선거가 더 어려워졌고, 결국 열린우리당에 입당하기로 했다. 당시 열린우리당은 기간당원들 투표로 후보를 정하게 되어 있어 기간당원을 많이 확보하는 후보가 공천받게 되어 있었다. 당초 출마 계기가 성남시립의료원 건립이었기 때문에 뜻을 함께하는 5,000여 명의 기간당원과 함께 입당했다.

당시 성남시에는 열린우리당 소속으로 시장 선거에 출마하기 위해 터를 닦아온 사람들이 있었지만, 기간당원 확보에서 밀리는 바람에 나와 경쟁할 후보가 없었다. 결국 나는 열린우리당 단독 후보로 지자체선거에 출마하게 되었다.

돌이켜보면 인권변호사로서 일찌감치 시민운동을 해나가는 동안 나도 모르게 이미 정치인으로 입문할 수 있는 터전이 생겨난 셈이었다.

선거운동을 시작하자마자 텃세의 위력을 실감했다. 특히 민선 3기 성남시장인 한나라당의 이대엽 후보 진영에서는 재임 중이라는 기득권을 이용해 상대당 후보인 나에 대해 전방위적으로 방해 공작을 펼치기 시작했다. 성남시에서 주최하는 공식적인 행사장에 참석했을 때도 내빈석에 내가 앉을 자리는 없었다. 내빈 소개 명단에서조차 아예 내 이름은 빠졌다.

나는 성남시 단위 행사는 물론 구청이나 동에서 하는 행사에도 꼬박꼬박 참석했다. 일찌감치 행사장에 나가 다른 사람 이름표를 떼고 그 자리에 앉기도 했다. 사회자가 내빈들을 소개할 때는 당연히 내 이름을 뺏기 때문에 본부석 마이크를 잡아채 스스로 내 소개를 하기도 했다. 그러자 상대 쪽에서도 맞대응을 하기 시작했다. 행사 관계자들이 내빈석을 지키고 서 있거나 본부석 마이크를 본 행사가 시작되기 전까지 꺼놓았다.

내가 앉을 자리는 아예 없었기 때문에 나는 '누가 이기나 해보자'는 심정으로 내빈석 빈 공간에 자리를 펴고 앉았다. 나는 아예 접이식 간이의자는 물론 휴대용 마이크와 스피커까지 갖고 다니기도 했다.

내가 행사장에서 이런 치사한 실랑이를 끝까지 고집한 데는 그만한 이유가 있었다. 행사장에 나온 유권자들에게 현재 시장인 한나라당 후보가 기득권을 내세워 열린우리당 후보의 선거운동을 얼마나 조직적으로 방해하는지 보여주기 위한 것이었다. 우리는 유독 정에 약하지 않은가. 마이크 하나를 놓고 기 싸움하는 것을 보여줌으로써 동정표를 얻을 수도 있었다.

그러나 2006년 5·31지방선거에서 나는 낙선의 고배를 마셔야 했다. 물론 첫술에 배부를 수는 없었다. 당시는 노무현 정부 말기여서 열린우리당이 심판대에 올라 있을 때였다. 따라서 나뿐 아니라 수도권의 열린우리당 후보들 대부분이 낙선하고 말았다. 나는 패배를 깨끗하게 인정했다.

'다시 시작하자!'

그로부터 2년 후인 2008년에 나는 18대 총선에 출마했다. 성남시 분당구 갑 지역구에 선거를 며칠 앞두고 민주당 후보로 전략 공천되어 국회의원 선거에 출마했다. 그러나 예상대로 18대 총선에서도 나는 패배했다.

함께 웃을 수 있는 길을 향해

두 번의 화살, 한 번의 적중

•

기득권 세력의 높은 벽을 실감했고, 한국 정치에서 정의를 실현한다는 것이 얼마나 길고 고단한 싸움인지를 실감했다.

하지만 어떻게 포기할 수 있단 말인가. 지금까지 내가 선택해온 과정들을 되돌아보았다. 제도권 안에 들어가 싸우겠다고 결심했던 대학 시절의 열정, 판검사를 포기하고 인권변호사를 선택한 이유, 구속을 감수하며 부패와 싸웠던 시민운동가 시절 지자체장이 되어 직접 세상을 바꾸겠다는 다짐까지 모두가 한 줄기였다. 한국 정치의 진정한 변화를 위해서는 바닥에서부터 풀뿌리 민주주의가 정착되어야 한다는 신념에는 변함이 없었다.

'끝까지 가는 거다!'

바닥에서부터 다시 시작하기로 마음먹었다.

우선 두 번의 선거를 치르면서 왜 패배했는지부터 분석해봤다. 물론 가장 큰 원인은 유권자의 마음을 얻지 못했기 때문이다. 비록 진심으로 호소했지만 그 진심이 사람의 마음을 울리지 못한다면 아무 소용이 없지 않은가. 그때 문득 사마천司馬遷의 《사기史記》에서 읽은 이광李廣의 활쏘기 이야기가 떠올랐다.

중국 한나라 무제 때의 명장인 이광은 팔이 길어 활쏘기에 능했다. 어느 날 그가 사냥을 나갔다가 호랑이를 발견하고 정수리를 향해 활을 쏘았다. 활은 정확하게 이마에 박혔지만 어찌된 일인지 호랑이는 꿈쩍도 하지 않았다. 이상하게 여겨 가까이 가서 보니 그것은 호랑이가 아니라 얼룩무늬 바위였다. 그런데 화살이 바위에 어찌나 단단히 박혔는지 뽑을 수가 없었다. '어떻게 이리도 깊이 박혔을까?' 이광은 활을 쏘았던 곳으로 돌아와 다시 화살을 날려보았다. 그런데 이번에는 화살이 바위에 맞고 그냥 튕겨져 나갔다. 첫 번째 쏜 화살은 호랑이가 덤비면 죽을지도 모른다는 생각에 집중력을 다했기 때문에 화살이 바위에 박혔던 것이다. 그러나 두 번째 화살은 시험 삼아 쏘았기 때문에 그만큼 집중력이 떨어질 수밖에 없었던 것이다.

어쩌면 사람과 사람의 관계도 이와 같지 않을까? 내가 상대에게 정성을 다해 진의를 보여주면 반드시 그 뜻이 마음에 전달될 것이다. 《설득의 심리학》이란 책에서는 이것을 '상호성의 원칙'이라고 정의하고 있다.

명궁이 정확하게 목표물을 맞힐 수 있는 것은 화살이 아닌 마음으로 과녁을 정조준했기 때문이다. 그렇다면 두 번의 선거전에서 나는 무엇으로 유권자의 마음을 정조준했던 것일까. 유권자 한 사람을 그저 '한 표'로만 생각하며 가식의 미소를 보내지는 않았을까? 오래도록 뼈저린 반성을 거듭하며 나는 다음 선거에 대비하기 시작했다.

그리하여 2010년 6·1지방선거에서 나는 야당 단일후보로 민주당 공천을 받아 성남시장 선거에 다시 도전장을 내밀었다. 당시 집권 여당인 한나라당 황준기 후보와 설욕전을 치르게 된 것이었다.

'사람의 마음'을 연구하다

●

선거에서 두 번 낙선한 경험을 소중한 자산으로 삼았다. 실패 속에 성공의 씨앗이 숨어 있다고 하지 않았던가. 혼자만의 시간을 갖고 선거의 전 과정을 머릿속으로 그려보기 시작했다.

선거는 그냥 열심히, 부지런히 발로 뛰어서만 되는 것이 아니다. 선거는 후보와 유권자 개개인이 만나는 과정이라 특별한 전략이 있어야만 한다. 우선 유권자와 만날 때의 태도가 아주 중요하다. 선거기간 동안 유권자 한 사람을 두 번 이상 만나기 어려운 만큼 한 번 만났을 때 확실한 인상을 심어줘야만 한다.

유권자와의 만남은 먼저 명함 돌리는 일로 시작된다. 명함을 주는 데도 기술이 있다. 명함을 건넬 때 반드시 유권자와 눈을 마주쳐야 한다. 이 순간이야말로 후보의 진심이 필요할 때다. 가식은 통하지 않는다.

악수를 할 때도 반드시 손을 잡은 상대와 눈을 마주쳐 뚜렷한 인상을 남겨야 한다. 사람이 많다고 해서, 혹은 시간이 없다고 해서 앞 사람 손을 잡으며 다음 사람에게 먼저 얼굴을 돌린다면 그건 진심이 아니다. 손을 잡힌 유권자는 분명 무시당한 느낌을 받게 될 것이다.

그리고 사람에겐 군중 심리가 있다. 앞 사람이 명함을 안 받으면 이를 본 뒷사람도 거부할 확률이 높다. 그럴 때는 잠시 쉬었다가 거부하는 장면을 본 사람이 다 지나간 후 새로 행인들이 몰려올 때 명함을 돌려야 한다. 나는 지하철 입구의 계단을 내려가서 명함을 돌리다 선거법에 걸려 50만 원의 벌금을 물기도 했다. 야당 후보였기 때문에 도처에 숨어서 나의 약점을 잡기 위해 노리는 눈들이 있었다. 그들에게 걸리면 변명의 여지가 없기에 늘 조심해야 한다. 반대로 여당 후보는 심지어 지하철 속에서 명함을 돌려도 아무런 제재가 없었다.

비가 내리는 이른 새벽에 약수터 같은 데 올라가서 명함을 돌리는 것도 중요하다. 비 오는 날 누가 약수터에 나타나겠는가 싶지만 그래도 올 사람은 온다. 비 오는 날도 거르지 않고 약수터에 오르는 사람들은 거기서 생뚱맞게 명함을 건네주는 후보를 이상하게 여길 것이다. 사람들이 많이 다니는 지하철역을 놔두고 하필이면 비 오는 날 인적이 드문 약수터에 와서 명함을 돌릴까? 하지만 그 자체로 특별한 인상을 심어줄 수 있다. 정성이 느껴질 수 있기 때문이다. 비 오는 날 약수터에서 후보자의 명함을 받은 사람은 반드시 집에 가서 식구들에게 그 이야기를 할 것이며, 사랑방에 가서도 한 번쯤은 입에 올리게 되어 있다.

이렇게 사람의 입을 통해 전해질 수 있다면 후보 스스로 자신이 누구인가를 말하는 것보다 훨씬 효과가 좋다.

이런 요령들을 나는 대부분 책을 통해 알았다. 나는 《설득의 심리학》을 비롯해 수십 권의 심리학 서적을 읽으며 '사람의 마음'을 연구했다.

선거는 종합예술이다. 선거는 후보자 자신을 알려서 유권자의 마음에 확실한 믿음을 심어줘야 한다.

2010년 6·2지방선거를 치를 무렵, 성남시에서 열리는 체육대회 행사에 참석했을 때 역시나 내빈석에 내 자리가 없었다. 이럴 때는 먼저 와서 앉는 사람이 임자였다. 이름표가 붙어 있는데도 잽싸게 그 자리를 잡고 앉으려고 하자 시청에서 나온 행사 담당 공무원이 막아섰다.

"죄송합니다. 규정상 정해진 자리에만 앉으실 수 있습니다."

담당자는 내가 무안할 정도로 차갑게 말했다.

"나는 야당 후보입니다. 자리에 앉을 자격이 충분히 있습니다."

나는 자리를 다시 차지하려고 행동을 취했다.

"안 됩니다. 규정을 지켜주세요."

담당자는 아예 나를 떠밀다시피 했다. 규정을 지켜야 한다는 말에는 나도 더 이상 고집을 부릴 수가 없었다. 못 이기는 척 자리를 떠나면서 나는 슬쩍 그 여직원의 명찰을 보았다. 그러고는 나중에도 반드시 기억할 수 있도록 수첩에 적어두었다.

2010년 6·2지방선거 때 나는 명함을 거의 60만 장 가까이 돌렸고, 성남시 전역을 세 바퀴 이상 돌았다. 골목골목을 다니며 그야말로 팔다리가 쑤시도록 유권자와 악수하고 인사를 나누었다.

결국 나는 두 번의 도전 끝에 성남시 민선 5기 시장으로 당선되었다. 성남시장으로 부임했을 때 나는 문득 수첩을 뒤지다가 낯익은 이름을 발견했다. 선거운동을 할 때 체육대회 행사장에서 내게 면박을 주었던 바로 그 담당자의 이름이었다.

나는 그 담당자가 어느 부서에 근무하는지 알아보았다. 평판도 좋고 근무 성적도 우수했다. 나는 빙그레 미소를 지었다.

'그렇지. 모름지기 공무원이라면 자기 일에 충실해야지.'

그 담당자는 맡은 책임을 다하기 위해 야당 후보인 나를 자리에 앉지 못하게 떠밀었던 것이다. 그 뒤 인사이동 때 나는 그 담당자에게 좋은 보직을 주어 열심히 근무할 수 있도록 배려했다. 역시나 옮긴 곳에서도 그 담당자는 맡은 바 임무를 아주 충실히 해냈다.

맨몸으로 선거유세를 하면서 나는 사람의 이름뿐 아니라 이름 모를 서민들이 무심코 던진 말들 중에 꼭 기억해야 할 것들도 꼼꼼히 기록해두었다. 시장이 된 뒤에 잠시 시간을 내어 그 메모들을 쭉 읽어 내려가다 보니 자연스럽게 한마디로 압축이 되었다. 그것은 '민심'이었다. 정치적인 뉘앙스를 풍기는 그런 민심이 아니라 말 그대로 '사람의 마음'을 뜻하는 민심이었다. 평범한 사람들의 가장 보편적이고 상식적인 소망이 그 메모에 고스란히 담겨 있었던 것이다. 그 한마디, 한마디야말로 가장 소중한 정치적 자산이었다.

만약에 낙선이라는 고배를 마시지 않았더라면, 그리고 선거 자금이 두둑했더라면 그런 자산은 결코 얻을 수 없었을 것이다. 아무것도 가진 것 없이 유세를 해야 했기에 나는 거리로 나가 바닥에 머리를 조아리는 심정으로 사람들을 만날 수 있었다. 그런 나에게 시민들은 진심을 이야기해주었다. 살기 좋은 도시로 만들어달라고, 세금이 아깝다는 생각이 안 드는 그런 시정활동을 해달라고⋯⋯. 그 하나하나의 진심들을 듣지 못했다면 나 역시 민심을 그저 표심으로만 해석하는 기득권 정치인들의 오만에서 벗어나지 못했을 것이다. 그런 점에서 나는 온종일 성남의 골목골목을 걸으며 이삭을 줍듯 사람의 마음을 하나하나 챙기던 그 시간을 평생 잊지 못할 것이다.

106 / 107

내가 품은 다섯 번째 꿈

악조건일수록 배울 게 많다

•

철부지 시절부터 청년기에 접어들 때까지 내 평생 소원은 네 가지였다. 첫 번째 소원은 선생님이 되는 것이었고, 두 번째 소원은 공장 간부가 되는 것이었다. 이 두 가지 소원은 오로지 맞지 않겠다는 마음이 작용한 것이다. 세 번째 소원은 냉장고에 싱싱한 과일을 넣어두고 언제든 꺼내먹는 것이었다. 냉장고는 커녕 과일조차 엄두내지 못하던 처지였기 때문이다. 청년기에 접어들고 생긴 네 번째 소원은 노가리 안주에 생맥주를 실컷 마셔보는 것이었다. 하지만 대학생 때도, 사법연수원 시절에도 주머니 사정이 여의치 않아 여전히 소원에만 머물렀다.

사법연수원을 마치고 경기도 성남시에 변호사 사무실을 차린 뒤에야 이 네 가지 오랜 소원들을 한꺼번에 이룰 수 있었다. 선생님이나 공장 간부는 아니더라도 변호사가 되었으니 이제 더 이상 누구한테 얻어맞을 일은 없었다. 그리고 변호사 수입으로 작은 냉장고를 들여놓고 계절 과일을 넣어두었고, 밤이면 사무실 건물 1층 생맥주집으로 내려가 노가리 안주에 생맥주를 마셨다. 그 뒤로 2년 동안은 거의 매일같이 노가리에 생맥주로 하루를 마감하곤 했다.

그러던 어느 날 정신이 번쩍 들었다. 이렇게는 안 되겠다 싶었다.

'아차, 결혼을 해서 가정을 꾸려야겠다!'

새로운 소원이 생긴 후 나는 1990년 여름부터 결혼 작전에 돌입했다. 배우자를 구하되 이것저것 까다롭게 조건을 따지다 보면 끝이 없을 것 같아서 나름 원칙을 정했다.

'8월에 만나는 사람과 결혼한다.'

이렇게 마음을 굳히고 친구와 친지들이 소개하는 사람을 만났다. 셋째 형수의 어머니가 같은 교회에 다니는 사람을 소개해주었다. 그녀는 나보다 세 살 아래였다. 만난 지 얼마 지나지 않아 주저하지 않고 그녀에게 청혼했다. 이듬해인 1991년 3월에 결혼식을 올렸다. 그 뒤 우리 부부는 1992년과 1993년에 연년

생으로 두 아들을 얻었다. 그렇게 소원대로 가정을 꾸리며 살아가던 어느 날 또 다른 소원, 또 다른 꿈이 다가오고 있었다.

1994년 무렵, 서울에서 참여연대가 결성되었고, 성남시에서는 '성남시민모임'이라는 단체가 만들어졌다. 이 모임은 나중에 '성남참여연대'로 명칭을 바꾸게 된다. 이처럼 각 지자체별로 시민운동이 싹트기 시작한 것은 형식적 민주주의가 어느 정도 정착되자 권력 감시의 필요성이 생겼기 때문이다.

성남시는 기존 도시들과 구별되는 특수성을 지니고 있었다. 서울의 철거민들이 대거 이주해온 탓에 시가 건설될 때부터 취약 지역으로 분류되어 성남시에 주소를 둔 청년들은 군대도 현역이 아닌 방위로 근무했다.

성남시에는 다른 도시들보다 많은 것이 다섯 가지가 있었다.

첫째, 십자가가 많았다. 가난한 사람들이 사는 동네이다보니 곳곳에 개척교회가 들어서서 밤에 언덕 위에서 보면 십자가들이 별처럼 빛났다.

둘째, 복덕방(부동산중개소)이 많았다. 시를 건설할 때 철거민들에 준 분양권을 당장 먹고 살기 힘든 철거민들이 사고 파는 일이 많았고 그 분양권 매매 때문에 동네마다 부동산 업자들이 너도나도 사무실을 차린 것이다.

셋째, 포장마차가 많았다. 대부분의 주민들이 가난한 사람들이었고, 특히 노동자들이 많다보니 그들이 자주 이용하는 포장마차가 속속 생겨났다. 또 마땅한 직업을 찾기 어려운 서민들이 적은 돈으로도 손쉽게 차릴 수 있는 사업이 포장마차였다.

넷째, 강력범죄가 많이 발생했다. 힘에 겨운 사람들이 모여 살다보니 다툼이 많았고 사고도 많았다.

다섯째, 철거민 지역 특성상 숨기가 쉽다보니 전국의 범죄자들이 몰려들었고 당연히 강력범 검거율도 높을 수밖에 없었다.

이외에도 성남시는 경기 동부지역 운동권이 집결하는 곳이기도 했다. 수원·용인·여주·이천 등 경기도 인근 지방대학의 학생들이 서울로 가는 교두보로 삼아 성남시에 모였던 것이다.

이런 특성들만 놓고 봐도 성남시에서 인권운동을 한다는 것은 실로 만만치 않은 도전이었다. 더구나 내가 처음 인권운동을 할 당시에는 경찰들이 법을 더 자주 어겼다. 변호사에게는 피의자 접견권이 있었지만 경찰들은 내가 변호사 신분증을 내밀어도 접견을 허가해주지 않았다. 그럴 때마다 나는 민주주의 교과서가 바로 성남시 현장에 있다고 생각했다. 당장은 악조건 투성이였지만, 긍정적으로 생각하면 그만큼 배우고 경험할 것들이 많은 곳이기도 했다.

지방자치를 연구하다

•

프랑스의 정치가이자 법학자인 알렉시스 드 토크빌Alexis de Tocqueville은 《미국의 민주주의》에서 "지방자치야말로 민주주의를 배우는 초등학교"라고 말한 바 있다. 이 말은 나에게 강한 느낌으로 와닿았다.

헌법은 민주주의의 초석으로 지방자치를 보장하고 있지만 박정희 독재정권에 의해 폐지되었다. 죽어가던 지방자치를 되살려낸 것은 김대중 전 대통령이었다. 민주당을 이끌던 시절, 13일간의 단식투쟁 끝에 쟁취한 승리였다.

'꼬리를 잡아 몸통을 흔든다.'

지방자치는 국가의 통치 체계로 볼 때 꼬리에 해당된다. 하지만 나는 그 꼬리(지방자치)를 제대로 잡으면 몸통(중앙정치)을 움직일 수 있다고 믿는다.

이 믿음을 갖고 나는 '성남시민모임'을 만들고 적극 참여했다. 그러나 모임에서 열심히 활동하되 주요 간부는 맡지 않았다. 그때 내가 맡은 직책은 사무국 차장이었다. 그로부터 10년 넘도록 나는 어떤 단체든 대표직이 아닌 실무적 역할만 도맡았다. 일종의 '총무' 역할을 한 것인데, 그때나 지금이나 간부란 회원들을 대리하는 머슴이라는 생각은 변함이 없다. 가장 밑바닥에서 거친 일을 열심히 하는 머슴이 잘해야만 그 조직이 발전해나갈 수 있기 때문이다.

그 무렵 나는 지방자치에 관한 책들을 무수히 섭렵했다. 당시만 해도 관련 서적들이 별로 없어 석·박사 논문까지 찾아 읽었다. 그래도 여전히 모자란 것 같아 2004년에 성남시에 있는 경원대학교(가천대학교의 전신) 행정대학원에 들어가 본격적으로 지방자치 공부를 시작했다. 낮에는 변호사 업무와 시민운동으로 시간을 낼 수 없어 저녁에 틈틈이 시간을 내어 야간 강의를 들었다. 그 후 석사과정을 마치기까지는 2년 6개월이라는 시간이 필요했다. 특히 부정부패에 대한 공부가 주목적이었다.

그래서 나의 석사논문 제목은 〈지방정부 부정부패 극복방안에 대한 연구〉였다. 이 논문은 2014년 지자체선거 때 국정원이 공작정치로 나의 약점을 캐기 위해 논문 표절 시비를 들고 나와 문제가 되기도 했다. 그때 인용 표시를 빠트린 것 때문에 표절 논란이 일어 미련없이 학위를 포기했다. 어차피 학위가 목적이 아니라 지방자치를 공부하는 게 목적이었기 때문이다. 그러나 '표절 논란'으로 인해 내 이미지에 손상이 간 것도 사실이었다. 나중에 가천대학교가 석사 논문으로 충분한 자격이 있다고 공식 발표했지만 나는 이 학위나 논문에 더 이상 미련이 없다.

하지만 소중한 것은 고스란히 남아 있다. 당시 야간대학원에서 지방자치에 대한 논문을 쓰며 배우고 익힌 지식과 깨달음이 나에게 큰 자양분이 되었기 때문이다. 이렇게 지방자치를 통한

민주주의를 제대로 배우면서 비로소 내게 진정한 꿈이 또 하나 생겼다.

'불합리한 사회를 상식이 통하는 사회로 만드는 것.'

정의와 상식이 통하는 인본사회를 만드는 것이 나의 꿈으로 확고하게 자리 잡은 것이다.

미소를 잃어버린 사람들을 위하여

사이다에 담긴 준엄한 경고

·

해외 출장을 마치고 인천공항 입국 게이트를 향해 걷고 있을 때 뒤따라오던 일행의 대화가 귀에 들어왔다.

"외국 나갔다 들어올 때마다 느끼는 건데, 우리나라 사람들은 왜 다들 하나같이 얼굴이 굳어 있을까? 꼭 화난 사람처럼 말이야."

그건 나도 늘 느끼는 것이었다. 사실 유럽 각국이나 미국 등지에서는 사람들이 너무도 자유로워보이고 얼굴 가득 미소를 띠고 있어 은근히 질투가 나기도 한다. 보는 사람들 기분까지 덩달아 즐거워지는 미소에 둘러싸여 며칠을 보내다 보면 나 역시 그들처럼 표정이 다양해진다. 하지만 귀국해서 공항을 나서는 순간 어김없이 딱딱하게 굳은 표정들을 만나게 된다. 대한민국 국적을 가진 사람들 대부분이 딱딱한 벽에 돋을새김으로 새겨 넣은 부조처럼 어딘가 부자연스러운 표정들을 하고 있는 것이다. 도대체 왜 그럴까?

그때 뒤따르던 일행의 대화가 다시 이어졌다.

"몰라서 물어? 헬조선이잖아. 정치는 물론이고 사회 시스템 자체가 엉망인데 웃음이 나오겠어?"

나는 고개를 푹 숙인 채 서둘러 입국 게이트를 빠져나올 수밖에 없었다. 붉게 달아오른 얼굴의 열기는 공항을 떠난 뒤에도 좀처럼 식지 않았다.

'대한민국이 왜 이렇게 되었나?'

성남으로 향하는 차 안에서 나는 결코 가볍지 않은 질문과 마주쳤다. 곧이어 영국의 철학자 제러미 벤담Jeremy Bentham이 주창한 공리주의功利主義가 떠올랐다. '최대 다수의 최대 행복'을 추구하는 공리주의는 19세기에 풍미한 철학 사상이지만, 나는 오늘날 21세기 민주주의 사회에서도 여전히 유효한 사상이라고 생각한다. 다수결의 원리를 존중하는 민주주의 정치체제나 사유재산을 근본으로 하는 자본주의 사회에서 분배와 평등을 강조하는 복지제도의 발달에 큰 영향을 준 사상이 바로 공리주의이기 때문이다.

나는 공리주의를 더 발전시켜 '최대 다수의 최대 행복'이 아닌 소외된 사람들까지 포함시키는 '모두의 행복'을 추구하는 것이야말로 가장 바람직한 정치라고 생각한다. 하지만 오늘날의 대한민국 정치 현실은 공리주의와는 정반대 방향으로 나아가고 있다. 많은 국민들이 '헬조선!'을 외치며 정치의 부패와 사회의 부조리, 분배의 불합리, 이념의 양극화를 비판하고 있다. 이 모든 책임이 바로 정치에 있다는 사실을 그 누가 부정할 수 있겠는가.

처음 정치에 입문할 무렵 나의 소망은 소박했다.

'국민과 함께 웃는 정치인.'

국민에게 활짝 웃을 수 있는 권리를 되찾아주는 것이 나의 역할이라고 생각했다. 사회 시스템을 도저히 행복해질 수 없도록 만들어놓고는 '행복을 추구할 권리'라니, 너무 무책임하지 않은가? 지금이라도 당당히 '웃을 권리', '행복을 누릴 권리'를 목표로 삼아 전력을 다해 그런 사회를 만들어가야 하는 것이 정치인의 역할일 것이다.

행복과 미소는 하나의 메타포가 될 수 있다. 해방 이후 억압된 정치 속에서 미소를 잃어버린 대한민국 국민들에게 행복을 줄 수 있다면, 그것이 바로 올바른 정치이며 정의사회의 구현이라는 것이 나의 소박한 정치철학이다.

성남시장에 당선된 뒤 온갖 비난을 감수하면서까지 모라토리엄을 선언하고 3년 6개월 동안 빚을 갚는 데 노력을 기울인 것도 오직 시민들에게 미소를 안겨주기 위해서였다. 빚을 갚고 시정을 알뜰하게 챙겨 만든 여유 예산으로 좀더 많은 사람들에게 골고루 혜택이 돌아갈 수 있도록 복지에 최선을 다하는 모습에서 시민들의 표정이 변하기 시작했다. 한동안 악순환을 거듭해오던 전시 행정의 폐해를 말끔히 씻어내고 시정을 정상화시켰더니 그제야 시민들의 얼굴에서 잃어버렸던 미소가 다시 피어났다. 그 미소가 너무도 보기 좋았다.

하지만 정치인으로서 불의와 싸워야 할 상황이 닥치면 내 얼굴에서는 웃음기가 싹 가시곤 한다. 솔직히 좋은 말로 포장하고 넘어가는 성격이 아니다. 당장 그 자리가 아니더라도 아닌 것은 아니라고 말한다. 이런 직설이 때로는 국민들에게 시원하게 들렸던 모양이다. 그런 일들이 몇 차례 거듭되자 언제부터인가 내게 '사이다'라는 별명이 따라붙기 시작했다.

답답한 가슴을 시원하게 뻥 뚫어주는 사이다! 참으로 과분하면서도 고마운 별명 아닌가.

사실 내게 이 별명이 붙게 된 것은 2014년 판교 환풍구 추락 사고에 대한 국정감사가 진행될 즈음이었다. 그때 여당의 J 의원이 나를 상대로 질의를 하기 시작했는데, 어찌된 셈인지 대답할 기회는 전혀 주지 않고 혼자 장황하게 연설을 늘어놓는 것이었다. 참고인석에 앉아 국민에게 모든 것을 정확하고 솔직하게 답변하기 위해 만반의 준비를 하고 있던 나로서는 기가 막힐 노릇이었다. J 의원은 한마디 답변조차 내게 허용하지 않은 채 저 혼자 호통을 치거나 사안과 별 관련이 없는 말만 장황하게 늘어놓고 있었다. 사건의 본질을 파악해보려는 의도는 아예 처음부터 없어 보였다.

'이제 답변해야지, 이제 답변해야지.'

답변할 기회만을 기다리던 나조차 슬슬 지겨워질 정도였다. 문득 '여기가 국정감사장인가, 아니면 공개된 유세 현장인가?' 하는 생각마저 들었다. 증인의 대답을 끌어내야 할 의원이 카메라를 독차지한 채 자기 연설에만 골몰하는 상황이 마치 코미디의 한 장면 같았다. 속으로 '이게 대체 뭐 하자는 것인가?' 싶은 생각이 들자 갑자기 웃음이 나왔다. 하도 어이가 없어 입 꼬리가 올라간 것이다.

바로 그 순간 J 의원의 입에서 버럭 고함이 터져 나왔다.

"국회의원이 질의를 하는 엄숙한 자리에서 감히 실실 쪼개냐?"

황당하고 어이가 없었다.

"실실 쪼개지 않았습니다."

이 대답과 함께 J 의원에게 주어졌던 질의 시간은 다 지나가고 말았다.

그로부터 얼마 후 나는 SNS를 통해 미처 다하지 못했던 말을 올렸다.

실실 쪼개다……, 40여 년 전 공장에 다닐 때 상대원 뒷골목에서 껌 딱딱 씹으며 이빨 사이로 침 찍찍 내뱉고 한쪽 다리 학질 환자처럼 떨면서 겁주던 동네 양아치에게 들어본 후 처음 들어보는 말이라 나름 재미있었습니다.

사실 국민들이 생방송으로 지켜보고 있는 국정조사 현장에서 '실실 쪼개냐'는 표현을 쓴 것은 국회의원으로서 너무도 격이 떨어지는 언사였다. 나에게 국회의원으로서 권위를 세운다고 한 말이 오히려 자신의 격을 깎아내리는 결과가 되고 만 것이다.

어쨌든 당시의 토막 영상과 더불어 내가 SNS에 올린 글이 전국으로 퍼져나가면서 본의 아니게 많은 국민들에게 웃음거리를 제공하게 되었고, 이때부터 내게 사이다라는 별명이 따라붙게 되었다. 이때까지만 해도 나는 이 별명이 그저 '사이다처럼 시원하다'는 뜻으로만 해석했다.

요즘 들어 하루해가 저물 때마다 나는 잠시 명상을 하며 이 별명이 지닌 의미를 생각해보곤 한다. 사이다는 순간적으로 톡 쏘는 시원함을 선사하지만 뚜껑을 열어두면 금세 탄산 성분이 빠져나가 밍밍해진다. 이것은 무엇을 의미하는가. 부정과 부패,

불의에 대한 날선 비판 정신이 무뎌지는 순간 나 역시 사이다가 아닌 밍밍한 맹물이 될 수 있다는 준엄한 경고인 것이다.

국민 앞에 엎드려야 낮은 세상이 보인다
·

성남시장에 취임하고 나서 1년 후인 2011년 6월, 청와대에서 2개월간 성남시를 집중적으로 내사한 적이 있었다. 사실상 성남시의 시정을 살피기 위한 내사라기보다는 시장인 이재명의 비리를 캐는 데 목적이 있었다. 처음 내사를 시작할 당시에는 몰랐지만, 내사 결과랍시고 약 40쪽에 걸친 '이재명 퇴출 대책'을 만들어 당시 이명박 대통령에게 보고되었다는 사실을 뒤늦게 알았던 것이다. 그리고 언론에 실린 기사를 접한 뒤에야 비로소 청와대가 어떤 정치 공작으로 '이재명 퇴출 작전'을 펼쳤는지 더욱 명확하게 알 수 있었다.

2012년 5월경 S 신문은 성남시가 청소용역을 준 '환경미화원 협동조합' 70명 중 2명이 통진당원 출신임을 거론하며 장장 사흘간 열두 꼭지에 달하는 기사를 쏟아냈다. 나를 기어이 '종북세력'으로 몰아간 것이다. 그리고 이 어처구니없는 언론 공세와 더불어 국정원의 공작 또한 본격적으로 가동되기 시작했다. 국정원의 김 과장이 나의 셋째 형에게 접근해 나에 대한 온갖 비방을 일삼게 한 것도 이즈음의 일이었다.

"이재명은 9월 30일까지 간첩 30명과 함께 구속된다."

이러한 선동과 함께 셋째 형은 '종북시장 퇴진운동'을 펼쳐나 갔다. 즉 동생인 내가 '종북시장'이라는 것이었고, 그러므로 마 땅히 시장의 자리에서 물러나게 해야 한다는 주장이었다. 이어 서 2013년 여름부터는 성남시에 '종북척결운동본부'라는 조직 이 생겨났으며, 이때부터 나에 대해 더욱 조직적·체계적인 '종 북몰이'가 시작되었다. 그들은 거금을 들여 '이재명 공격용 신 문'을 대량으로 인쇄해 수차례 살포했으며, 대규모 '종북척결대 회'도 연달아 개최했다. 이 모든 소란의 장막 뒤에는 국정원이 도사리고 있었다.

나는 국정원의 정치 공작에 분노했고, 그래서 '이명박, 박근 혜 대통령이야말로 진짜 종북'이라는 주장으로 역공을 시작했 다. 나의 주장은 이렇다.

㈜나눔환경은 경기도가 엄격하게 심사하여 예비 사회적기업 으로 선정했고, 성남시 시의원이 포함된 심사위원회에서 새누 리당 시의원은 최고 점수를 주었다. 중앙정부와 경기도가 대부 분 자금을 지원하고 성남시는 전체 지원금의 14퍼센트에 해당 하는 의무부담금을 지원했다. 청소업체에 일감을 준 것이 종북 이라면, 이 청소업체를 사회적기업으로 선정해 수억 원의 지원 금을 현금으로 준 이명박, 박근혜 대통령, 김문수 전 경기도지

사는 공작금을 준 고정간첩으로 보아야 하는 것이 맞을 것이다.

나의 주장이 SNS를 통해 전국적으로 퍼져나가자 '손가락 혁명군'들이 정말 엄지손가락을 번쩍 들어올리며 "역시 사이다!"라고 외쳤다. 이 손가락 혁명 동지들이 나의 글을 열심히 퍼 나르고 국민들이 동조하자 나에 대한 '종북몰이'도 멈출 수밖에 없었다.

최근 박근혜 대통령이 2005년 한나라당 대표 시절 북한의 김정일 국방위원장에게 보낸 편지가 공개되어 논란이 일고 있다. 이 편지는 통일부를 거치지 않고 당시 유럽-코리아재단 이사 자격으로 보낸 것인데, 그 내용 중 '남북'이 아닌 북한에서 주로 사용하는 '북남'이란 용어를 사용하는 등 친북적인 태도를 노골적으로 보이기도 했다.

대체 누가 누구더러 종북이라 하는가.

이명박 정권에 이어 박근혜 정권이 들어선 뒤에도 구태정치 세력들은 끝없이 희생양을 찾아다니며 종북몰이를 비롯한 온갖 구태정치를 일삼아왔다. 그들은 스스로를 기득권층이라고 생각한다. 그런 의식이 정신을 지배하는 한 오래된 고질병인 정경유착의 고리를 끊어낸다는 것은 요원한 일이다. 오히려 자신의 이익만을 우선적으로 챙기는 이기적인 행태에 골몰한 나머지 국민의 삶을 살펴야 할 눈은 점점 흐려지고, 그저 자기 앞가림에만 급급할 따름이다. 그리고 그 결과 역대급 무능과 부패의 극치를 보여 왔던 청와대의 주인은 끝내 국민의 이름으로 탄핵되었다. 사필귀정이다.

이런 정권, 이 혼탁한 정치권에서 국민들로부터 사이다라는 별명을 얻었다는 것은 참으로 영광스러운 일이지만, 또 그만큼 무거운 사명감을 느끼지 않을 수 없다.

이 별명에 걸맞은 정치인이 되기 위해서는 국민들이 가장 목말라 하는 것이 무엇인지 알고, 그것을 최우선적으로 해결해나가려는 노력이 뒷받침되어야 한다는 사실을 엄숙히 받아들인다. 매순간 국민의 눈높이에 맞춰 절을 하는 자세로 세상을 바라볼 수 있어야 한다. 그래야 세상이 어떻게 돌아가는지 보이고, 국민들이 진정으로 목말라 하는 것이 무엇인지 알게 될 테니.

03

외로운 싸움을 이겨낸
용기의 원동력

인생의 시련은 성장의 밑거름이 된다

위기는 가장 가까운 곳에서 시작된다

·

2010년 무렵 마이클 샌델Michael Sandel의 《정의란 무엇인가》라는 책이 베스트셀러가 되어 우리 사회에 열풍을 몰고 온 적이 있었다. 이 딱딱하고 어려운 책이 어떻게 수개월간 베스트셀러 1위를 차지할 수 있었을까? 책을 꼼꼼히 다 읽고 난 뒤에도 여전히 의문이 가시지 않았다.

사실 해답은 이미 제목 그 자체에 있었던 것 같다. 내용은 둘째 치고 '정의란 무엇인가'라는 제목만으로도 국민들은 기꺼이 책을 구입했을 것이다. 사람들이 '정의'에 관심을 갖는다는 것은 역설적으로 한국사회에서 정의가 사라졌다는 반증인 셈이다. 그만큼 독자들 가슴에는 정의에 대한 갈망과 동시에 정의롭지 못한 사회에 대한 공허감이 공존해 있었던 것이다.

그로부터 6년이 지난 2016년, 우리는 정의가 실종된 국가권력의 황폐하고도 적나라한 실체를 목격하고 말았다. 나는 서가 한쪽에 꽂혀 있던 《정의란 무엇인가》를 다시 쳐다보며 깊은 한숨을 쉴 수밖에 없었다.

청산했다고 믿어왔던 과거 유신체제의 추악한 잔해들은 국가권력의 한복판에 고스란히 남아 있었고, 그 어둡고 냄새나는 부정부패의 한판 놀음 뒤에서 민주주의는 조용히 죽어가고 있었다. '정의'와 더불어 '민주주의'에 대해서도 다시금 물음표를 던질 수밖에 없다. 도대체 민주주의란 무엇인가.

민주주의의 기본은 나 개인의 각성에서부터 시작된다. '이기적인 유전자'가 내재된 우리 인간은 누구나 끊임없는 욕망의 사슬로부터 벗어나기 어렵다. 그 욕망이란 것은 타인을 억압해 나의 지위를 높이고, 타인의 것을 빼앗아 나의 배를 채우는 것에 불과하다. 개인이 각성한다는 것은 바로 그 욕망을 줄이고, 더불어 사는 지혜를 추구한다는 의미다. 그러한 각성에서 가족의 사랑이 싹트고, 가정이 잘 되어야 사회가 안정되며, 사회가 정의로워야 평화로운 국가를 건설할 수 있을 것이다. '나'에서 시작해 '국가'까지 한 줄기로 작용하는 이 정신적 시스템이 바로 유교 덕목의 하나인 '수신제가치국평천하修身齊家治國平天下'라고 나는 생각한다.

'수신제가치국평천하.'

정치에 발을 들여놓기 전만 해도 이 한 마디가 내 인생을 이토록 그림자처럼 집요하게 따라다니게 될 줄은 미처 몰랐다.

사실 예전에는 건전한 사고를 지닌 국민의 한 사람으로서 내 한 몸 잘 간수하며 사는 것이 목표였다. 물론 그것조차 만만치 않은 것이 현실이었지만, 그저 내게 주어진 길을 회피하거나 부정하지 않고 한 걸음씩 차곡차곡 나아가는 것만이 최선이라고 생각해왔다.

돌이켜보면 어린 나이에 공장 생활을 하면서 '나'라는 존재에 대해 뼈저리게 느낀 바가 있었고, 대학생이 되어서는 국가와 사회를 보는 눈이 달라졌으며, 사법고시를 거쳐 인권변호사로 활동하면서부터는 정의란 말을 자주 입에 올리게 되었다. 이런 과정을 거치는 동안 나는 '수신'과 더불어 '제가'에도 자신감을 갖기 시작했다. 그리고 성남시장이 된 뒤에는 잘못된 시정을 바로잡아보겠다는 다짐과 함께 국가의 작은 단위로서 지자체 행정을 통해 '치국평천하'에도 감히 도전장을 던지기에 이르렀다.

'정의 구현'을 현실 속에서 정말 제대로 실행하고 싶었다. '치국평천하'까지는 아니더라도 국민들의 답답한 가슴을 시원하게 뻥 뚫어주는 역할만이라도 충실히 해내고 싶었다. 하지만 그런 뜻을 품자마자 적의 공격이 시작되었다. 구태정치의 표본인 음해공작이 내 앞길을 가로막은 것이다. 그 유치하고 치졸한 음해공작의 중심에는 다름 아닌 나의 친형이 있다.

가족 이야기를 다시 꺼낼 수밖에 없는 현실이 참으로 아프고 한탄스럽지만, 한 사람의 정치인이자 머슴으로서, 좀더 맑고 투명한 미래를 약속하는 마음으로 나를 둘러싼 음해공작의 전모를 밝히고자 한다.

우리 일곱 남매 중에서 일찌감치 경제적인 안정을 이룬 사람은 공인회계사인 셋째 형이었다. 가난했던 옛 시절을 생각하면 가히 성공적이라고 부를 만도 하지만, 사람의 탐욕이란 끝이 없었다. 의식주가 해결되자 형은 명예와 권력까지 넘보았다. 그리고 그 욕망은 내가 성남시장에 당선되자마자 때를 만난 듯 기지개를 켜기 시작했다.

형은 감사관을 통해 내게 노골적으로 청탁을 해왔다. 시장의 권한을 이용해 자신을 대학교수로 만들어달라는 것이었다. 그런 일이 어떻게 가능할 거라고 생각했을까.

"못들은 것으로 하세요" 하고 감사관에게 임명했다.

하늘이 무너져도 안 되는 건 안 되는 것이었다. 이때부터 형과 나 사이에 감정적인 금이 가기 시작했다. 그 뒤로도 형은 시장의 친형이라는 '무기'를 내세워 시정에 개입했고, 심지어 비서실장에게 특정인 승진, 징계 등을 요구하며 인사에 개입했다.

외로운 싸움을 이겨낸 용기의 원동력

나는 참을 수 없었다. 슬픔과 분노가 치밀어 올랐다. 청탁, 뒷
거래, 부정부패······. 그토록 싫어하고 우려했던 단어가 왜 하필
가장 가까운 형제에게서 나온단 말인가. 나는 혈연을 외면하고
직원들에게 강력한 지시를 내렸다.

"앞으로 시장의 가족, 특히 셋째 형과 접촉을 금지합니다."

구태정치의 사슬, 그 썩은 부패의 관행을 뿌리 뽑으려고 정치
에 입문한 나로서는 당연한 조치였다. 한편으로는 그동안 얼마
나 많은 정치인들이 이런 상황 앞에서 그예 굴복하고 말았을까
하는 생각도 들었다. 위기란 어쩌면 가장 가깝고 약한 곳에서부
터 시작되는 것인지도 모른다.

그 뒤로 휴대폰은 물론 시장실로 걸려오는 형의 전화까지 모
두 차단시켰다. 시장실 앞에서 시장 면담을 요구하며 농성을 하
는 형님을 나는 만나지 않았다. 형은 공공연히 나를 비난하고
다니기 시작했다.

국가의 안보를 최우선으로 삼아야 할 국정원이 형제간의 빈
틈을 노리기 시작한 것은 바로 이 즈음이었다. 공작의 기획자인
국정원과 그 하수인들은 나에게 이른바 '종북 정치인'이란 올가
미를 씌우기 위해 호시탐탐 기회를 노려왔던 터였다. 그리고 이
번에는 그 하수인으로 나의 친형을 내세운 것이다.

국정원의 김 과장이라는 인물은 은밀히 형을 만나 '이재명은
간첩'이라는 말로 선동하며 '종북시장 퇴진운동'을 벌이도록 부

추기기 시작했다. 덩달아 성남시 새누리당의 한 고위인사는 다음 지자체선거에서 새누리당 비례시의원 공천을 해주겠다는 말로 형을 유혹하기도 했다. 그 말을 곧이곧대로 믿어버린 형은 그들이 시키는 대로 온갖 방법을 불사하며 공개적으로 나를 험담하고 다녔다. 처음엔 형이 죽도록 미웠다. 하지만 피를 나눈 형제 아닌가. 같은 어머니 뱃속에서 나온 혈육을 끝까지 미워할 수는 없었다. 나는 오히려 그런 형에게 연민을 느꼈다.

내가 정작 분노해야 할 대상은 국정원이었다. 피를 나눈 형제마저 눈 하나 깜짝하지 않고 적으로 만들어버리는 그들의 치밀한 공작에 분노가 치밀었다.

그럼에도 굴복하지 않는다

•

국정원의 비인간적인 공작으로 형제 사이의 갈등이 점점 깊어가던 그 무렵, 나는 밤마다 옛날 일들을 떠올리면서 한숨짓곤 했다.

내가 알던 어린 시절의 셋째 형은 순수한 사람이었다. 머리도 꽤 좋은 편이었다. 하지만 어려운 집안 형편 탓에 형님은 중학교 졸업과 동시에 공장 생활을 해야만 했다.

그 당시 나는 공장에서 일하며 틈틈이 공부한 덕분에 검정고시로 중·고등학교 과정을 마칠 수 있었다. 그리고 마침내 대학에 들어가 전액장학금에 매월 20만 원씩 학교로부터 생활보조금까지 받을 수 있게 되었다. 나는 그 돈을 아껴서 집으로 보내주곤 했다. 그러다가 언제부터인가 셋째 형이 자꾸만 눈에 밟혔다.

'저렇게 마냥 공장에서 청춘을 보낼 사람이 아닌데…….'

마침내 나는 형을 찾아가 속엣이야기를 꺼냈다.

"형, 대학 진학 말인데, 내가 해보니까 전혀 불가능한 게 아니더라. 형도 지금부터 준비해보는 게 어때? 형은 머리가 좋으니까 충분히 대학에 갈 수 있을 거야."

형은 머뭇거렸다. 학원비며 생활비 따위를 걱정하고 있다는 사실을 내가 모를 리 없었다.

"형, 그래서 말인데, 내가 다달이 학원비를 대줄게."

매달 대학에서 지원해주는 생활보조비 이야기를 들먹이며 설득한 끝에 결국 형은 학력고사를 준비하기로 했다. 나는 약속대로 매달 형에게 학원비를 보내주었다.

형은 공부를 시작한 지 1년 만에 보란 듯이 건국대학교 경제학과에 입학했다. 게다가 나처럼 전액장학금에 매월 생활보조비까지 받는 장학생이 되었다. 형은 거기서 그치지 않고 열심히 공부한 끝에 공인회계사 시험에 당당히 합격했다. 그리고 회계사 사무실을 차려 재산도 모으고 결혼해서 단란한 가정까지 꾸렸다. 모든 것이 행복한 드라마처럼 착착 진행되는 것 같았다. 절망하지 않고 노력하면 누구나 성공할 수 있다는 흔한 메시지를 형은 몸소 보여주었다.

그랬던 형이 어째서 이토록 철천지원수처럼 변해버렸단 말인가.

생각해보면 형은 그동안 동생인 내게 은근히 열등감을 갖고 있었던 것 같다. 나보다 네 살 위이면서 학번은 1년이 더 늦다는 사실이 형에게는 내내 가시처럼 마음에 걸렸던 게 아닐까. 그러다 내가 성남시장이 되자 꼭꼭 숨겨두었던 열등의식이 왜곡된 방향으로 터져나온 것은 아닐까. 열등의식은 심리적으로 자기 자신을 합리화하면서 오히려 욕망을 키우는 반작용을 일으킬 수 있다. 형이 그런 심리 상태에 있을 때 은밀히 다가와 욕망을 부추긴 당사자가 바로 국정원의 김 과장이었다.

호수에 돌을 던지면 파문이 이는 것과 같은 이치였다. 국정원의 김 과장은 형의 마음에 돌을 던졌고, 그때부터 형은 평상심을 완전히 상실하고 말았다. 그리고 파문은 점점 크게 일더니 시시각각 나를 공격하기 시작했다.

나는 김 과장의 감언이설에 넘어간 형의 마음을 충분히 이해할 수 있었다. 그래서 형이 나에게 말도 안 되는 악담을 퍼붓고 선거전에서 나의 반대편에 서서 낙선운동을 벌일 때도 나는 애써 그를 이해하려고 노력했다. 형은 심지어 의회에 난입하기도 하고, 백화점에 들어가 '시장의 친형'이라며 난동을 부리기도 했다. 이 모두가 국정원의 사주로부터 시작된 일들이었다. 그리고 그들의 목적은 단 하나, 종북시장으로 몰아 이재명 성남시장을 어떡하든 퇴진시키는 것이었다. 그들의 검은 속내를 알기에 형을 차마 미워할 수 없었다.

하지만 얼마 후 도저히 참을 수 없는 일이 벌어지고 말았다. 나와 전화 연결이 되지 않자 셋째 형 내외가 어머니를 찾아가 난동을 부린 것이다. 처음에는 어머니의 휴대폰으로 내게 전화를 걸어 바꿔달라는 것이 그들의 요구사항이었다. 셋째 형이 나를 괴롭히고 있다는 사실을 잘 알고 있는 어머니는 거절했다. 그러자 형은 어머니에게 집에 불을 질러 죽인다고 위협했다. 형은 이미 수년전 어머니에게 폭언을 하고 인연을 끊은 후였다. 당시 어머니 통장에는 5,000만 원 정도의 노후자금이 있었다. 일곱 남매 중 가장 잘 사는 셋째 형이 어머니에게 '5,000만 원을 빌려달라'고 떼를 썼지만, 어머니는 거부했다. 자신의 요구가 모두 거절당하자 형은 이성을 잃고 어머니를 향해 거친 욕설을 퍼붓고 위협했다.

마침내 어머니는 공포와 절망, 그리고 처절한 슬픔에 못 이겨 내게 전화를 걸었다. 전화가 연결되자 옆에 있던 형이 재빨리 낚아채더니 이번에는 내게 욕을 퍼붓기 시작했다. 나는 그 욕설을 잠자코 들었다. 제발 그 욕설을 나에게만 퍼붓고 말아줬으면

하는 것이 솔직한 내 심정이었다. 이 일이 있은 후 형님 부부는 어머니를 향해 차마 입으로 옮길 수 없는 패륜적 폭언을 했고 심지어 어머니 집을 찾아가 팔순의 어머니에게 주먹을 휘둘렀다. 그 어떤 막장 영화에서도 보기 힘든 패륜의 현장이었다.

형 내외가 어머니의 신고로 경찰에 연행된 후 어머니는 곧장 병원 신세를 져야 했다. 일곱 남매의 어머니로서 세상 그 어떤 풍파에도 끄떡없던 분이었건만 자식에게서 받은 충격만큼은 견딜 수 없었던 것이다. 나와 다른 형제들이 모두 어머님 댁에 모였다. 그리고 그제야 셋째 형 내외가 어머니에게 어떤 행패를 부렸는지 모두 알게 되었다.

나는 더 이상 화를 참지 못했고 셋째 형에게 전화를 했다. 셋째 형 대신 형수가 전화를 받았다. 형이 어머니에게 했던 욕설을 거론하며 자식된 도리로 어떻게 그런 쌍욕을 할 수 있느냐고 따졌다. 형님의 패륜 폭언을 두고 "그런 고차원적인 철학적 농담도 이해 못 해요?"라며 시댁 식구들을 능멸하던 형수는 침착하게 전화를 받았다. 그 태도에 화가 난 나와 형수 간에 욕설이 섞인 대화가 오갔다.

그 뒤로도 한동안 화가 가라앉지 않았다. 그런데 더 놀라운 일이 기다리고 있었다. 내가 퍼부은 욕설을 형수가 휴대폰으로 녹음하고 전후 맥락을 배제한 뒤 일부만 SNS를 통해 세상에 퍼뜨린 것이다. 이때부터 일명 '형수에게 쌍욕을 한 이재명 성남시장'이라는 제목의 파일이 온라인에 떠돌게 되었다.

나는 이 모든 일들이 치밀하게 파놓은 함정이라는 사실을 나중에야 깨달았다. 그들이 파놓은 함정에 내가 빠져버린 것이다. 나는 덫에 매달린 미끼를 덥석 물어버린 셈이었다.

어머니는 셋째 형이 두려웠던 나머지 경찰에 신고하여 접근금지 처분을 내리도록 했고, 형님은 벌금 500만 원 형사처분도 받게 됐다. 그 이후 셋째 형이 어머니를 찾아가 행패를 부리는 일은 더는 재발하지 않았다. 하지만 어머니를 포함해 나머지 여섯 남매들과 셋째 형과의 관계는 더욱 소원해질 수밖에 없었다. 그리고 온라인에서 영원히 지워지지 않을 나의 욕설 파일은 앞으로 정치인 이재명이 짊어져야 할 무거운 낙인으로 남게 되었다.

나는 그 낙인을 애써 가리거나 지울 생각이 없다. 씻을 수 없는 오명과 수치에 못 이겨 조금이라도 고분고분해진다면 그것이야말로 적들이 노리던 바일 것이다. 나는 굴복하지 않을 것이다. 나아가 구태정치의 해묵은 세력들이 전가의 보도처럼 휘둘러왔던 정치공작에도 길고 긴 반격을 시도할 것이다.

모든 작용에는 반작용이 있다

·

이른바 '형수 쌍욕 사건'으로 인해 나는 꽤 오랫동안 고통스러운 나날을 보냈다. SNS를 통해 그런 해프닝이 벌어지게 된 경위를 소상하게 올리기도 했지만 소용없는 일이었다. 앞뒤 잘라내고 욕설 부분만 편집하여 일파만파 퍼지도록 조작하는 바람에 많은 사람들로부터 비난과 오해를 고스란히 받아야 했다.

나는 그 모든 비난을 인정한다. 누구라도 화를 참을 수 없는 상황이라 할지언정 형수에게 저급한 욕을 퍼부은 것은 분명 잘못이다. 모든 것이 나의 수양 부족 탓이다. 하지만 국정원을 이용해 정치공작을 일삼는 기득권 정치집단의 비열한 행태만큼은 영원히 용서할 수 없다. 형제를 이간질하고 한 집안을 파탄내는 비열한 짓들을 이토록 쉽게 저지를 수 있다는 사실에 나는 분노한다.

가족 간의 불화는 비록 내게 큰 타격을 주었지만, 그것도 시간이 지나면 언젠가는 오해가 풀리고 해소될 것이다. 그리고 공직자로서 친인척 비리 대신 형제의절을 선택한 나의 충심을 언젠가 국민들이 이해해줄 것으로 믿는다.

가까스로 마음을 다잡아가며 업무를 보고 있던 어느 날 형으로부터 비서실로 전화가 걸려왔다. 수화기 저편에서 형의 다급한 목소리가 들려왔다.

"나 지금 정신병원에 갇혀 있다."

자초지종을 파악해보니, 조울증에 걸린 셋째 형이 구타를 하고 집안 식구들을 못살게 굴기 때문에 형수와 딸이 셋째 형을 정신병원에 강제 입원시킨 것이다. 이후 시장실로도 계속 구조해달라고 전화가 왔다. 형제들과 함께 병원으로 두 번이나 찾아갔지만, 직계 가족이 아니라는 이유로 병원 측에 의해 면회조차 거부되어 발길을 돌렸다.

얼마간 시간이 흐른 뒤 셋째 형은 정신병원에서 풀려나 집으로 돌아오기는 했지만 그렇다고 문제가 해결된 것은 아니었다. 이 사건마저 '성남시장 이재명이 친형을 정신병원에 강제 입원시켰다'는 내용으로 알려지기 시작한 것이다. 기가 막힐 노릇이었다. 사실 관계를 증명하는 모든 자료들을 제출했음에도 악의적인 허위 사실 유포는 중단되지 않았다. 내가 기득권 세력에 이토록 눈엣가시 같은 존재였던가. 형수 욕설 사건의 피해가 채 가시기도 전에 이번에는 '친형 정신병원 강제입원'을 기정사실화하면서까지 물고 늘어지는 그들의 집요함에 참담함을 금할 수 없었다.

이 일련의 사건들을 겪으며 나는 아주 소중한 깨달음을 얻었다. 해방 이후 오늘날까지 고질병처럼 이어져온 정치공작이야말로 시급하게 사라져야 할 구태정치라는 사실, 그리고 그 썩은 잔재들을 말끔히 쓸어내는 것이야말로 국가의 정의를 바로 세우는, 내게 주어진 임무라는 사실을 나는 절감했다.

뉴턴의 운동법칙 중 제3의 법칙인 '작용과 반작용'은 인생에도 고스란히 적용된다. 나는 어린 시절 가난 속에서 공장 생활을 해가며 고난을 견디는 법을 스스로 체득했다. 그 방법은 바로 현실을 긍정적으로 체화시킨 뒤 고난을 발판으로 삼아 딛고 일어서는 것이었다. 다시 말해 인생의 시련이 내게 작용해오면, 그 힘을 고스란히 반작용의 동력으로 사용하는 것이다.

움직이지 않는 물체는 마찰도 있을 수 없다. 마찰이 생긴다는 것은 그 물체가 움직이고 있다는 증거이기도 하다. 사람도 큰 뜻을 품고 현실에서 실천해나가기 시작하면 당연히 맞받아쳐 오는 힘을 만나기 마련이다. 그렇다면 지금 나를 공격하는 적들이야말로 오히려 나에게 가장 좋은 자극제일 수 있지 않을까? 그들의 공격이 거세면 거셀수록 나 역시 그만큼 강하고 두려운 상대라는 사실이 증명되는 셈이다.

어쩌면 인생이란 이렇게 작용과 반작용이 서로 힘을 겨루며 변화를 일으키는 과정일지도 모른다. 이 반복적·순환적인 인생사의 우여곡절을 성장의 밑거름으로 삼을 수만 있다면 미래는 분명 달라질 것이다. 내가 꿈꾸는 미래, 그 밝은 광장에는 정의와 민주주의가 펄펄 살아 춤을 추고 있으리라 믿는다.

함께 뜻을 모을 때 바꿀 수 있는 것들

국민의, 국민에 의한, 국민을 위한 정보시대

•

중국 서주시대의 유왕幽王에게 포사褒姒라는 애첩이 있었는데 그
녀는 좀처럼 웃지를 않았다. 포사의 미소를 보고 싶었던 유왕은
급기야 봉화를 피워 올려 변방의 제후들을 불러 모았다. 허둥지
둥 달려온 제후들은 뒤늦게 거짓 봉화임을 알고 허탈하게 주저
앉았다. 그 모습을 보던 포사가 드디어 웃음을 터트렸다. 그 뒤
로 유왕은 포사의 웃음을 보고 싶을 때마다 봉화를 올리곤 했
고, 그때마다 제후들은 번번이 헛걸음질을 해야 했다. 그런데
정작 반란이 일어나자 제후들 중 그 누구도 달려오는 이가 없었

다. 결국 유왕은 반란군의 칼에 숨졌고, 서주시대도 막을 내렸다.

이솝 우화의 '양치기 소년'과 흡사한 '포사 이야기'에서 나는 새삼 정보의 양면성을 떠올린다. 정보란 양날의 검과 같아서 사람을 살릴 수도, 죽일 수도 있다. 21세기 정보화시대인 오늘날에는 더더욱 이 말이 피부에 와닿는다.

정보의 전달 체계가 바뀌고 SNS의 힘이 기존 언론을 압도할 정도로 발달함에 따라 이제 정보를 공유하는 대상 역시 기득권 세력에서 일반 대중으로 확대되었다. 따라서 정보 장악력이 막강했던 과거의 정치 패러다임도 변화해야 할 처지에 놓였다.

그동안 기존 정치세력들은 정보를 장악함으로써 힘을 과시해왔다. 언론을 등에 업은 재벌과 부패 정치인들은 무소불위의 권력을 휘두르며 끈끈한 밀착 관계를 형성했다. 그러나 이제는 인터넷을 통한 정보의 공유가 가능해지면서 상황이 급변하고 있다. 특히 휴대폰을 통한 SNS 덕분에 언제 어디서나 자신이 원하는 정보를 즉시 받아볼 수 있고, 다른 사람에게 전달할 수 있게 되면서 전 세계가 실시간으로 정보를 공유하는 시대로 변했다.

어쩌면 오늘날의 보수 기득권 세력들은 인터넷이 없었던 시대를 애타게 그리워하고 있을지도 모른다. 그땐 모든 것이 참으로 쉬웠기 때문이다.

1980년 봄, 쿠데타의 주역인 전두환 군부세력과 거짓 언론들은 광주민주화운동을 '반정부 세력이 일으킨 폭동'으로 보도함으로써 진실을 철저히 파묻어버렸다. 조국의 민주화를 위해, 혹은 아무 죄도 없이 총칼에 희생된 수많은 광주시민들을 폭도로 몰아버릴 만큼 야만적인 시대였다. 이후로도 전두환 정권은 보도지침을 통해 언론을 권력의 시녀로 만들기에 급급했다.

그러나 이제 그런 시대는 지났다. 국민은 SNS를 통해 권력의 프레임을 거치지 않은 진짜 정보를 공유하게 되었다. 박근혜 - 최순실 게이트 당시 박근혜 대통령이 몇 차례의 국민담화와 기습적인 기자간담회를 통해 변명을 죽죽 늘어놓아도 대다수 국민들은 코웃음을 쳤다. 몇몇 보수기득권 언론이 대통령의 편을 들고 싶어도 국민들은 이제 무엇이 진실이고 무엇이 거짓인지 정확하게 분별할 수 있게 되었다.

부패한 권력과 언론은 언제나 거짓 정보를 퍼뜨려 국민을 길들이려고 했지만, 진실을 공유하게 된 국민들은 드디어 행동하기 시작했다. 촛불시위에 참여한 많은 국민들을 한 마음 한 뜻으로 뭉치게 한 것도 SNS가 가진 정보 공유의 힘이었다.

2016년은 나에게 '집단지성'의 놀라운 저력을 확인시켜준 한 해였다. 널리 알려져 있듯이 집단지성이란 다수의 사람들이 서로 협력하는 과정에서 얻게 되는 고도화된 집단의 지적 능력으로, 어느 한 개체의 능력이 따라갈 수 없을 만큼 지능적이고 강력한 힘을 가지고 있다.

집단지성은 이미 미국의 곤충학자 윌리엄 모턴 휠러William

Morton Wheeler의 개미 연구에 의해서도 밝혀진 바 있다. 하나의 개체로서는 약한 개미이지만, 집단적으로 움직일 때는 강하고 높은 지능체계로 놀라운 실적을 만들어낸다는 것이다. 이후 여러 학자들에 의해 이 연구가 인간에게도 그대로 적용된다는 사실이 밝혀졌다. 미디어 철학자인 피에르 레비Pierre Levy에 따르면 사이버 공간에서의 집단지성이 언제 어디서나 실시간으로 고도화된 지성을 발휘될 수 있다고 한다. 또한 집단지성은 지식이나 정보의 생산자와 수혜자가 따로 있는 것이 아니라 모든 사용자들이 생산자이자 수혜자가 되어 정보를 활발하게 공유해가며 지속적으로 발전하는 특성을 보여준다.

혁명은 손가락 끝에서

•

나는 하루에도 수십만 명과 대화를 나눈다. 대화 창구도 셀 수 없이 다양하다. 카카오톡·밴드·트위터·페이스북·카카오스토리·유튜브·인스타그램·인터넷 카페·게시판·블로그·댓글 등 수많은 채널을 통해 각계각층의 사람들과 친구를 맺고 정보 공유를 한다. 이 과정에서 나는 집단지성의 놀라운 힘을 피부로 느낀다.

　신문이나 방송 등 기존의 언론은 거의 일방적으로 정보를 전

달했다. 소속 집단의 성격에 따라 정치와 사회를 읽고 판단하고 분석하는 눈이 달랐기 때문이다. 특히 보수 성향의 언론사들은 국민 전체의 의견을 반영하거나 지향하는 바를 이끌어내기보다는 일부 정치집단이나 이익집단을 대변하는 편향적 태도를 취해왔다.

그러나 SNS를 통한 정보 공유는 남녀노소, 지위고하를 막론하고 다양한 계층의 사람들이 적극적으로 대화에 참여하는 방식이다. 그리고 이 과정에서 공통분모가 될 수 있는 지혜들이 모여 집단지성을 형성한다. 이 집단지성이야말로 모두의 의견이 반영된 합리적·이성적인 패러다임을 창출하는 지적 에너지 혁명이라고 할 수 있다.

요즘은 일정이 너무 바쁘지만 짬이 날 때마다 SNS에 참여한다. 소통의 시간은 특별히 정해져 있지 않지만 주로 자투리 시간을 활용한다. 아침저녁 출퇴근 시간이나 약속 장소로 이동하는 차 안, 또는 손님을 기다리는 시간이나 밤늦게 돌아와 잠시 쉬는 시간에 휴대폰을 꺼내 팔로어들과 문자로 대화를 한다.

'나비효과'라는 말이 있다. 나비의 날갯짓이 폭풍을 만들 듯이 국민들의 작은 실천이 모여 역사를 만들 수 있다. 팔로어 5만 명의 친구들이 각기 1천 명에게 정보를 전달한다면, 대한민국 5천만 명의 인구가 동시다발적으로 정보를 공유할 수 있게 된다.

기득권자들은 오래전부터 그래왔듯 막강한 권력으로 거대 언론을 움직이려 하지만 이제 그것도 쉽지 않게 되었다. SNS 세계에서는 하루에 30분씩만 손가락을 움직여도 충분하다. 그런 사람이 1만 명만 넘어도 대한민국에는 변화의 태풍이 불 것이다. 이것이 바로 '손가락 혁명'이다.

나는 일찌감치 SNS 세계에서 '이재명의 손가락 혁명군'을 만났다. 나를 지지하는 팔로어들이 '이재명의 손가락 혁명군'을 자처하며 위대한 집단지성을 형성한 것에 한없는 행복을 느낀다. 손가락 혁명군의 활약은 대단했다. 기득권 세력과 국정원이 아무리 정치공작으로 나를 비방하고 종북으로 몰아도 '이재명의 손가락 혁명군'은 언제나 진실과 거짓을 명백히 가려내주었다.

그리고 2017년 1월 15일, 광주에서 아주 뜻 깊은 자리가 만들어졌다. 공정국가 건설을 위한 '손가락 혁명군 출정식'이 열렸다. 전국 각지에서 모여든 7천여 명의 지지자들 앞에서 나는 이렇게 외쳤다.

"여러분, 진실과 정의가 승리하는 세상을 위해 손가락을 많이 써야 합니다. 뜻이 같은 사람과 소통을 자주 하고 필요한 정보를 주고받으며 함께 행동하면 부패한 대한민국은 결국 엎어질 것입니다."

단언컨대 이제 대한민국의 진정한 변화는 손가락 끝에서 나올 것이다. 그러니 세상을 바꾸고자 한다면 손가락부터 움직여야 하지 않을까?

나를 세 번 울린 시민운동

쉽지 않았던 10만 서명운동

•

나는 별명이 많은 편이다.

변호사 개업을 했을 때는 '이변'이란 별명이 생겼다. '이재명 변호사'의 줄임말이기도 하지만, 인생을 살아오면서 이변을 많이 일으켰다는 의미도 들어 있다.

'싸움닭'이라는 별명도 있다. 인권변호사로 시민운동을 할 때 불의를 보면 참지 못하고 매일 싸움만 하다 보니 그런 별명이 붙고 말았다. 무슨 일이건 절대로 타협하지 않고 끝까지 물고 늘어진다고 해서 '불독'이란 별명도 붙었다.

외로운 싸움을 이겨낸 용기의 원동력

그런가 하면 '김어준의 파파이스'라는 인터넷 방송에 출연했을 때 "만약 대통령이 되면 제일 먼저 뭘 하겠느냐?"라는 질문에 "작살부터 내야죠"라고 대답했더니 금세 '작살'이란 별명이 붙었다. 또 SNS를 통해 많은 사람들과 의사소통을 하다 보니 일부 커뮤니티에서 내가 주장하는 것이 시원하다며 '사이다'란 별명을 붙여주었다.

2002년 여름에 있었던 '파크뷰 특혜 분양' 사건으로 본의 아니게 구치소에 다녀온 뒤 나는 잠시 마음을 추스르기 위해 난생처음으로 장기 여행을 떠났다. 그리고 이듬해 봄, 다시 의욕을 갖고 성남시민모임 회원들을 보강하는 작업에 착수했다. 6개월에 걸쳐 적극적으로 회원을 모집하는 등 시민운동을 활성화하는 데 주력했다.

그런데 2003년 말, 성남시 수정구와 중원구에 있는 성남병원과 인하병원이 폐업하게 되었다. 종합병원 두 곳이 한꺼번에 문을 닫게 되면 성남시는 의료 공백 지역이 될 것이고, 시민들은 다른 지역으로 원정 진료를 가야만 하는 등 여러 가지 불편이 뒤따를 수밖에 없었다.

나는 시립병원 설립운동에 참여했다. 의료 공공 서비스의 새로운 장을 열어 성남시민들에게 의료혜택을 주기 위해서는 반드시 해야 할 일이었다. 우리는 성남시민 10만 서명운동에 돌입해 주민 발의 조례를 만들었다.

서명운동은 쉽지 않았다. 서명을 받기 위해 밤낮으로 뛰어다녀야만 했다. 가까스로 받아낸 서명을 토대로 우리는 한국 최초로 '성남시립의료원 설립 및 운영에 관한 조례'를 발의했다.

그러나 2004년 3월 25일, 성남시의회는 이 조례를 개회 47초 만에 날치기로 부결시켜버렸다. 당시 방청석에는 나를 비롯해 서명운동에 참여했던 회원들이 대거 참석해 있었다. '47초 만의 날치기'에 격분한 우리는 성남시의회 의장과 의원들에게 강력하게 항의했다. 하지만 그들은 날치기로 부결시키자마자 약속했다는 듯 회의장을 빠져나가더니 각자 어디론가 도망쳐버렸다.

방청하던 우리는 시의회 회의장을 점거한 채 항의농성에 돌입했다. 회원들 몇 명은 울음을 터뜨렸고, 나도 함께 울었다. 그동안 서명을 받기 위해 발에 물집이 잡히도록 뛰어다닌 그 모든 시간과 노력이 단 47초 만에 사라졌으니 얼마나 허탈하고 분했을까.

일단 우리는 시의회 회의장에서 농성을 하다가 오후 5시경에 귀가하기로 했다. 하지만 나는 집으로 돌아갈 수 없게 되고 말았다. 시의회가 나를 특수공무집행방해죄로 고발했기 때문이다. 나는 어쩔 수 없이 시청 바로 옆에 있는 주민교회 건물 지하로 몰래 피신했다. 경찰에 붙잡히면 곧바로 구속될 처지였다.

주민교회는 명동성당이나 조계사처럼 경찰이 함부로 들어와 체포할 수 없는 일종의 치외법권 구역이었다. 당시 이 교회의 이해학 목사는 빈민 운동과 통일 운동 등 생명공동체 활동을 하고 있었다.

한창 꽃들이 피어나는 화창한 봄날, 어두운 지하실 구석에 앉아 있으려니 한숨이 절로 나왔다. 이번에 구속되면 두 번째였다. 자칫 잘못하면 변호사 자격을 빼앗길 수도 있는 상황이라 일단은 숨어서 구명운동을 해나갈 수밖에 없었다.

궁지에서 큰 뜻을 품다

•

어느 날 오후 5시경 나와 함께 성남시립의료원 설립운동을 하던 보건의료노조 부위원장 정해선 씨가 주민교회 지하실로 찾아왔다.

"변호사님, 배고프시죠? 이거 드세요."

그러면서 생선초밥을 건네주는 것이었다. 가슴이 먹먹해졌다. 목이 메어 밥알이 입 안에서 돌돌 구르기만 하고 잘 넘어가지 않았다. 그 모습을 지켜보던 정해선 씨가 기어이 울먹이기 시작했다. 너무 억울하고, 암담하고, 막막해서 흘리는 눈물이었다. 도무지 뾰족한 방법이 생각나지 않는 그 상황이 참담했던 것이다. 초밥을 내려놓고 말했다.

"이대로 주저앉으면 세상은 변하지 않습니다. 우리가 세상을 바꾸는 방법밖에 없어요."

나는 암담한 현실이 오히려 희망을 만드는 터닝포인트가 될 수 있다고 생각했다.

"어떻게 세상을 바꾸죠?"

정해선 씨가 눈물 맺힌 눈으로 나를 쳐다보았다.

"우리가 성남시 정치 권력을 장악하는 겁니다. 시장을 바꾸고, 시의회 의원들을 바꿔야지요. 세상이 변하지 않으면 내가 세상을 바꿔야죠."

그때 절망 속에서 한 가닥 희망의 빛을 발견한 기분이 들었다.

갑자기 용기가 솟아나기 시작했다.

때마침 2004년부터 '공직선거 및 선거부정방지법'이 개정되어 후보자가 지출한 선거비용은 후보자 득표율이 15퍼센트를 넘으면 전액 보전해주는 것으로 제도가 바뀌었다. 일정 비율 이상의 득표만 하면 선거비용을 들이지 않고도 선거를 치를 수 있게 된 것이다.

그날 저녁 나는 성남시장에 출마하겠다는 결심을 굳혔다.

'만약 시장에 당선된다면 성남시를 어떻게 할 것인가?'

나 스스로에게 물어봤다.

'시정을 싹 바꿔야지. 그래서 시민들이 행복하게 살 수 있는 도시를 만들어야지.'

나는 자신 있었다. 물론 시장이 되면 제일 먼저 성남시립의료원 건립부터 추진할 것이라고 생각했다.

이렇게 결심이 서자 마음이 급해졌다. 일단은 수배자 신분에서 벗어나는 것이 급선무였다. 많은 사람들이 도움을 주었다. 안동지청에서 검사보로 일할 때 인연이 되었던 이동근 지청장은 그 무렵 변호사로 활동하고 있었는데 그가 나를 위해 무료 변론을 자청하고 나섰다.

"이재명 변호사는 내가 안동지청에서 검사보로 데리고 있을 때 검사하라고 설득했던 친구야. 충분히 검사를 할 수 있는 실력인데, 고집을 세워 인권변호사를 자처하더니 이렇게 되었지 뭔가? 실력 있고 좋은 친구야. 그런 사람을 구속시켜 변호사 자격을 박탈하면 이 세상에 무슨 도움이 되겠나?"

이동근 변호사는 성남지청장을 찾아가 이렇게 설득했다. 결국 사건은 벌금 500만 원을 내는 것으로 종결되었고, 나는 변호사 자격을 그대로 유지할 수 있었다.

돌이켜보면 성남시립의료원은 나에게 '세 번의 눈물'을 흘리게 만들었다.

2004년 3월 25일, 47초 만에 날치기 부결되었을 때 처음 울었다. 그리고 사흘 뒤인 3월 28일, 피신 중이던 교회의 지하실에서 정치에 뛰어들기로 결심한 날, 두 번째로 눈물을 흘렸다. 그리고 세월이 흘러 만 10년이 지난 2013년 11월 14일, 드디어 성남시장 자격으로 성남시립의료원 착공 발파 버튼을 누르던 날, 세 번째 눈물을 흘렸다. 첫 번째 눈물은 비통했지만 세 번째 눈물은 승리와 기쁨의 눈물이었다. 앞으로의 정치 인생에서도 이 세 번째 눈물처럼 기쁜 눈물을 흘릴 수 있다면 '울보'라는 별명으로 불려도 부끄럽지 않을 것 같다.

강한 자를 억누르고 약한 자를 돕는다

'부강억약'에서 '억강부약'으로

•

어린 시절 시골에서 살 때 '서울은 눈 뜨고도 코 베어가는 줄 모르는 곳'이라는 말을 자주 들었다. 그 말이 무엇을 뜻하는지 꽤 오랫동안 알지 못했다. 어른이 되어서야 몇 차례의 쓸쓸한 경험을 통해 '서울은 도둑놈, 사기꾼들이 많은 곳'이라는 사실을 알게 되었다. 그러다가 정치에 입문한 뒤로 '서울'이 그냥 서울이 아니라 '부정부패의 공화국'을 상징하고 있다는 것을 절감했다. 물론 서울은 그런 도둑들이 아니라 절대다수의 선량한 시민들이 이룩한 위대한 도시임에 틀림없다. 하지만 서울은 또한 국민이 당당히 누려야 할 행복의 기회를 빼앗아가는 거물급 도둑들의 터전이기도 하다.

도둑에는 작은 도둑과 큰 도둑이 있다. 작은 도둑이 잡히면 곧장 감옥에 가지만 큰 도둑은 유유히 빠져나간다. 그들은 재판을 받아도 집행유예로 풀려나기 일쑤다. 좀도둑들이 감옥에서 형기를 꼬박 채우는 동안 경제사범이나 정치사범 같은 큰 도둑들은 버젓이 거리를 활보한다.

대부분의 국민들은 검찰 조사를 받기 위해 구치소에서 휠체어를 타고 나오는 재벌들의 모습을 그저 그러려니 하고 생각한다. 국민을 대표하는 국정조사 위원들이 박근혜-최순실 게이트의 주요 증인들을 청문회에 출석시키는 것조차 쉽지 않다. 이 모습을 바라보는 국민들은 다시 한 번 '유전무죄 무전유죄有錢無罪 無錢有罪'를 떠올리며 절망감에 빠진다. 대한민국의 법은 아직도 국민 대다수의 편이 아니라 한 줌도 안 되는 사기꾼과 도둑들의 편이다.

《장자莊子》를 보면 '도둑의 도'에 대한 이야기가 나온다.

> 도둑에게도 도道가 있다. 남의 집에 어떤 재물이 있는지 그 소재를 아는 것이 성聖이요, 먼저 담을 타넘어 들어가는 것이 용勇이요, 재물을 턴 후 맨 뒤에 나오는 것이 의義이며, 도둑질을 감행할 것인가 아닌가의 가부를 판단하는 것은 지知이고, 도둑질한

재물을 고루 나눠 갖는 것은 인仁이다.

예전에는 하다못해 도둑들에게도 '철학[道]'이 있었다. 그러나 오늘날 경제사범이나 정치사범 같은 큰 도둑들에게서는 장자가 말하는 '도둑의 도' 다섯 가지 중 어느 하나도 찾아볼 수 없다. 그들이 갖고 있는 것은 오로지 '주체할 수 없는 욕망'뿐이다.

누가 뭐래도 오늘날 가장 큰 도둑은 부패한 정치인들이다. 그들은 최근 10년 동안 국민 전체를 상대로 사기를 치고, 피 같은 세금을 농탕질해왔다. 그리고 그 거물급 정치인들의 최상위층에는 이명박과 박근혜라는 두 대통령이 있다.

부질없는 짓인 줄 알지만 다시 한 번 역사를 두고 '만약에'라는 가정을 해본다. 만약에 이명박 전 대통령이 2007년 제17대 대선에서 당선되지 않았더라면 그는 BBK사건으로 감옥에 갔을지도 모른다. 그리고 2012년 제18대 대선에서 국정원 댓글 사건을 통해 박근혜 후보를 대통령 자리에 앉히지 않았더라면 법의 심판을 받아야 했을 것이다.

하지만 BBK사건이나 국정원 댓글 사건보다 더 큰 죄가 있다. 그를 감옥으로 보내야 할 진짜 이유는 재임 기간 동안 국민이 낸 혈세를 너무나 터무니없이 낭비했다는 데 있다. 이명박 정부는 4대강 사업에 22조 원, 해외자원외교 실패로 35조 원 등 엄청난 세금을 날려버렸다. 여기에 방산비리까지 포함시킨다면 실로 어마어마한 국민의 혈세가 낭비된 것이다. 이후로도 대한민국은 정권을 교체시키지 못한 대가를 톡톡히 치러야 했다.

2000년 6·15공동선언 이후 남북경협사업의 하나로 추진된 개성공단을 박근혜 정부는 2016년 2월 10일 전면 폐쇄했다. 개성공단에 진출한 124개 기업들은 떠밀리다시피 철수할 수밖에 없었고, 그동안 투자한 것들에 대해 보상 한 푼 받지 못했다. 어디 그뿐인가. 박근혜-최순실 게이트에서 여실히 드러난 '정치권력-재벌'의 정경유착 비리를 통해 국민은 알게 되었다. 90퍼센트의 국민이 어째서 서민층으로 전락할 수밖에 없었는지를.

대한민국의 정경유착은 이승만 정권부터 오늘날까지 뿌리를 뽑지 못한 병폐이지만, 비선실세인 최순실의 국정농단은 재벌과 권력의 관계를 만천하에 드러낸 사건이다. 대통령이나 그 친인척 관계도 아니고, 다만 대통령과 가깝게 지낸다는 사실만으로도 재벌들이 돈을 갖다 바쳤다.

'세월호 7시간'은 또 어떠한가. 모든 의혹을 접어놓더라도 대통령 집무실에 있어야 할 그 시간에 사저에 있었다는 것 자체가 공무원을 대표하는 대통령으로서 심각한 직무유기를 범한 것이다. 대한민국 100만 공무원이라면 누구나 아침 9시에 출근해 저녁 6시에 퇴근하는 원칙을 지키고 있다. 그런데 정작 이들의 수장인 대통령은 집무실에 출근도 하지 않고 사저에 머물기가 다반사였다. 명백한 국가 공무원법 위반이다.

국가 공무원이 법을 어겼을 때는 국가가 손해를 배상해야 한다. 그런데 공무원이 고의나 중대과실로 법을 어기면 구상을 청구할 수 있다. 현재 법률로도 개성공단을 폐쇄해서 관계 기업들이 입은 피해를 정부가 손해배상을 해주고, 그 액수만큼 박근혜 대통령에게 구상 청구할 수 있다.

박근혜-최순실 게이트의 국정농단과 개성공단 폐쇄조치 두 가지만으로도 박근혜 대통령은 청와대에서 나오는 즉시 구속해야 한다.

《삼국지》〈위지魏志〉를 보면 '억강부약抑强扶弱'이란 말이 나온다. 강한 자를 억누르고 약한 자를 돕는다는 뜻으로 흔히 정도 정치의 근본을 의미한다. 이와 반대로 '부강억약扶强抑弱'이라는 말도 있다. 백성 위에 군림해 권력을 휘두르는 전제군주들의 정치 행태가 여기에 해당한다. 강한 자를 돕고 약한 자를 억누르는 오늘날의 정치 역시 '부강억약'으로 비판받아야 마땅하다.

흔히 '이명박근혜 정부'로 불리는 가짜 보수 정권은 그동안 부자 감세를 내세워 재벌들이 부를 축적케 하고, 중산층까지도 서민층으로 끌어내림으로써 '빈익빈 부익부'의 현상을 극대화시켜왔다. 1퍼센트의 재벌들을 포함한 고소득층 10퍼센트에게 치부의 기회를 몰아주고, 일반 국민들 90퍼센트에게서 균등한 기회를 박탈하여 서민층으로 몰락케 한 '부강억약'의 당사자들에게 심판을 내려야 할 주인은 바로 국민들이다.

이명박과 박근혜, 두 대통령을 감옥으로 보내는 것은 대의민주주의의 정도인 국민의 권리를 되찾기 위한 첫걸음이다. 국민은 주인이고, 대통령은 국민이 투표를 통해 나랏일을 하라고 뽑은 머슴이다. 그런데 대통령이 머슴의 본분을 잊고 그 권력을 이용해 주인 행세를 하려고 했으므로 마땅히 죗값을 받아야만 한다. 이번 기회에 본보기를 보여주어야만 대한민국의 대의민주주의가 바로 설 수 있을 것이다.

박근혜 – 최순실 게이트가 준 선물

•

박근혜-최순실 게이트는 부패한 정권과 재벌이 한 배를 탄 채 부와 권력이라는 노를 저어가다가 거센 물결을 만나 뒤집힌 사건이다. 분노한 국민이 치켜든 촛불의 물결이 마침내 '군주민수'의 무서운 뜻을 보여준 것이다.

'권력'의 노를 쥐고 있던 박근혜 대통령은 이제 국회의 탄핵소추안 가결로 좌초되어 헌법재판소의 판결을 받게 되었다. 그러나 오랫동안 '부'의 노를 쥐고 있던 재벌들은 아직 촛불의 격랑 속에서 살아남기 위해 안간힘을 쓰고 있다. 부패한 정권과 한 배를 탔으니 결국은 그들 역시 국민의 심판을 받아야만 할 것이다.

사실 재벌들은 역대 어느 정권이 들어서건 늘 권력과 유착해왔다. 그럴 수밖에 없었던 가장 큰 이유는 '탈세'에 있다. 정부의 세무조사 앞에서 벌벌 떨지 않을 기업이 얼마나 있을까? 비자금 마련이나 탈세를 위한 이중장부, 재벌의 개인 재산을 불리기 위한 분식회계 등 감추고 숨겨야 할 것들이 한두 가지가 아니다. 그동안 기업들은 수익의 일부를 사회에 환원한다는 명목으로 문화재단을 세우곤 했지만, 문화사업의 경우 세금을 내지 않아 사실상 탈세의 온상이 되어왔다. 빠져나갈 구실은 이뿐만이 아니다. 만일 법대로 철저히 세무조사를 실시한다면 온전할 기업은 거의 없을 것이다. 대한민국의 정치와 경제는 오랫동안 이렇게 공존해왔다.

이제는 재벌기업의 비정상적인 지배구조부터 바꿔야 한다. 마음만 먹는다면 다양한 방법으로 재벌개혁을 할 수 있다. 우선 상속세를 정확하게 부과하고, 그 세금으로 공공부문이 대기업 집단의 지분을 구입하거나, 연기금이 가지고 있는 대기업 지분을 활용할 수 있다. 또한 산업은행과 같은 국책은행을 일종의 국부펀드로 활용하는 방법도 가능할 것이다. 문제는 재벌기업을 개혁하겠다는 의지에 달려 있다.

물론 반대의 목소리도 있을 것이다. 기득권자들은 항상 온갖 이유를 대며 반론을 제기해왔다. 예를 들어 대한민국은 신자유주의의 한 축인 자유무역으로 가장 큰 혜택을 본 나라인 만큼 수출의 주역인 재벌을 규제할 경우 경제성장을 후퇴시킬 위험이 있다는 것이다. 특히 이명박 정부와 박근혜 정부는 그동안 경제성장을 위해 부자감세를 해야 한다고 한결같이 주장해왔다. 하지만 사실은 환율 조작을 통해 재벌기업들에게 인위적으로 수출경쟁력을 높여주고, 법인세 인상을 극구 반대함으로써 그들을 감싸왔다. 그들만의 리그에서 그들만의 잔치가 벌어지는 동안 국민들은 떠밀리듯 서민층으로 전락하고 말았다. 소득이 적은 가계의 경우 주택을 담보로 대출을 받아 생활비로 쓰다 보니 대한민국 가계부채가 1,300조에 이르는 상황까지 초래하게 되었다.

하지만 아이러니컬하게도 박근혜-최순실 게이트가 국가와 국민에게 준 선물이 전혀 없는 것은 아니다. 권력과 재벌들이 야합했을 때 국가적으로 어떤 결과를 불러오는지 뼈저리게 느끼는 계기를 마련해준 것이다. 또한 이 기회에 대한민국이 정경유착에 의한 부정부패의 고리를 끊고 새롭게 태어나지 않으면 안 된다는 사실 또한 깊이 각인시켜주었다.

대한민국은 이제 길었던 어둠의 끝에서 더없이 소중한 기회를 얻었다. 부정부패의 어두운 바다 속에서 정의와 진실을 끌어올려야 할 때가 온 것이다. 국민이 주인이 되는 나라, 민주주의가 살아 숨 쉬는 대한민국을 일으켜 세울 선택의 기회가 지금 우리 손에 쥐어져 있다.

99퍼센트의 서민을 위한 혁명

한국의 '버니 샌더스'를 꿈꾸다

•

사람의 나이로 따지면 대한민국의 민주주의 정치는 환갑에 맞먹는다. 그 세월 동안 국민이 주인이었던 시절이 얼마나 될까.

국민이 아닌 정치인과 기득권 세력이 주인 행세를 하는 세상이 되어버렸다. 이승만 정권 이후 오늘날에 이르기까지 정경유착의 밀월 관계는 질기게 이어진다. 한 줌의 양심이나 반성도 없이 '그들만의 정치'가 계속되고 있다. 그 결과 기득권층과 서민층의 소득 불균형이 극단적 양극화로 치닫는 가운데 국민은 '헬조선'이라는 자조 속에서 신음하고 있다.

이런 현상은 비단 대한민국만의 문제가 아니다. 미국의 경우 양극화 현상은 더욱 뚜렷이 나타나고 있어 자본주의 체제에 대한 심각한 경고음이 울리고 있다. 그런 점에서 이번에 공화당 후보로 대통령에 당선된 도널드 트럼프Donald Trump나 민주당의 대통령 후보 경선에서 돌풍을 일으켰던 버니 샌더스Bernie Sanders 의 인기는 미국의 기득권 세력에 대한 서민층들의 분노를 대변한다.

2016년 제45대 미국 대통령 선거는 트럼프의 승리가 아니라 힐러리 클린턴Hillary Clinton의 패배였다. 많은 이들이 힐러리 대신 샌더스가 나왔더라면 결과는 달랐을 것이라고 말한다. 단적으로 트럼프의 당선은 기득권 정치세력에 대한 미국인들의 불만을 여실히 보여준 결과였다. 민주주의의 본산이라는 미국에서 그동안 독버섯처럼 자라온 심각한 불평등과 불공정, 그리고 그 속에서 허덕이는 대다수 국민들의 울분을 트럼프는 정확히 읽어낸 것이다.

사실 미국의 대선 기간 동안 내가 주목한 사람은 민주당 경선에서 패배했던 샌더스였다. 이 매력적인 인물에 관심을 갖게 된 것은 2015년, 한 출판사가 그의 자서전을 번역 출간하면서 내게 추천사를 청해오면서부터였다. 불과 10여 쪽을 채 넘기기도 전에 나는 그의 이력에 흠뻑 빠져들고 말았다. 스스로 아웃사이더임을 당당하게 밝힌 그의 정치 이력에서는 동지애마저 느껴질 정도였다. 같은 아웃사이더로서 나는 행간에 숨겨진 샌더스의 심정까지 공감할 수 있었다.

경험의 동질성은 그대로 감동으로 이어지게 마련이다. 샌더스의 가난했던 어린 시절 이야기를 읽어 내려가는 동안 나는 자연스럽게 나의 유년기와 청소년기를 떠올렸다. 인생의 출발점에서부터 아웃사이더로 시작할 수밖에 없었던 그 외로움과 방황, 격정과 열정은 일종의 데자뷔처럼 느껴졌다. 그제야 출판사에서 왜 나에게 추천사를 부탁했는지 알 것 같았다.

샌더스는 페인트 판매원의 아들로 태어나 가난한 유년기를 보냈다. 가족 모두가 줄곧 '내 집 장만'을 꿈꾸었지만 낡은 월세 아파트를 벗어나지는 못했다. 샌더스는 학자금 대출이나 장학금으로 학업을 이어나갔고, 생활비는 아르바이트로 충당했다. 그 와중에도 그는 재학 당시 인종평등회의 등 시민인권운동에 적극 참여했다. 세상을 바꿔야겠다는 결심이 굳어지는 시기였다. 대학을 졸업한 뒤 그는 1972년 상원의원 보궐선거에 출마했다가 2퍼센트 득표율로 떨어졌다. 다시 6개월 후 버몬트 주지사 선거에 출마했지만 이번에는 겨우 1퍼센트의 득표율을 기록하는 데 그쳤다. 2년 뒤인 1974년에 또 한 번 상원의원 선거에 출마해 4퍼센트의 득표율을, 그리고 1976년에는 다시 주지사 선거에 출마해 6퍼센트의 득표율을 기록했다. 끝없는 도전의 시간들이었다.

그로부터 6년 뒤인 1981년, 버몬트 주 벌링턴 시장 선거에서 무소속으로 출마한 그는 2등과 불과 10표 차이로 당선되었다. 이때 그는 선거에서 한 표가 얼마나 소중한지 절감했다고 한다.

　그 이후 샌더스는 벌링턴 시장 4선, 미국 연방 하원의원 8선을 거쳐 연방 상원의원 2선으로 정치활동을 이어나갔다. 그리고 2015년 민주당 대통령 후보 경선에 참여했다가 힐러리에게 아깝게 후보 자리를 내주었다.

　빈곤한 유년기, 장학금과 생활보조금으로 버텨낸 대학 생활, 시민인권운동, 출마와 낙선……. 굴곡진 그의 이력에서 나는 동질감을 느꼈다. 무엇보다 벌링턴 시장에 당선된 이후 샌더스가 펼친 개혁정책이 특히 감동적이었다. 그는 시장으로서 첫 임기 동안 벌링턴 시가 보험 정책에 엄청난 돈을 낭비하고 있다는 사실을 알고 원인을 추적하기 시작했다. 그 결과 보험회사와 시 담당자 사이에 비리가 있다는 사실을 발견한 뒤 경쟁 입찰 제도를 과감하게 도입해 수만 달러의 세금을 절약했다. 또한 공공설비 공사를 위해 도시의 도로를 파헤칠 경우 공사 업체가 피해를 보상해야 한다는 판결을 받아내기도 했다. 이런 성과들을 얻기 위해 그는 법정 공방까지 불사했다.

　샌더스의 자서전인《버니 샌더스의 정치 혁명》에서 내가 밑줄을 진하게 그어놓은 부분이 있다. 추천사에도 그대로 인용할 만큼 마음에 드는 구절이다.

내가 말하는 정치혁명이란 그저 선거에서 승리하는 게 아니다. 수천만의 사람들이 정치적 절차에 참여할 수 있도록 여건을 조성하고, 매체의 본질을 바꿔서 수많은 사람들의 애로사항과 고통을 다루게 만드는 일이다. (중략) 선거운동은 그저 표를 얻고 당선되는 일 이상의 무엇이어야 한다. 사람들을 깨우치고 조직하도록 돕는 일이어야 한다. 그렇게 할 수 있다면 앞으로 오랜 세월에 걸쳐 정치의 역학관계를 바꿀 수 있다.

역대 미국의 뭇 정치인들과는 달리 샌더스는 막대한 부를 가진 1퍼센트의 기득권층이 아닌 99퍼센트의 서민층들을 위해 정치혁명을 실현하겠다고 선언한 것이다. 99퍼센트의 서민을 위한 정치를 구태여 '혁명'이라고 부를 수밖에 없는 현실에 대해서는 누구나 공감할 것이다. 정치란 것이 언제부터인가 개인의 욕구 충족과 부의 축적 수단으로 전락해버렸기 때문이다. 선진국이라는 미국도 정경유착의 고리를 끊어내지 못해 대다수의 서민이 고통받고 있지 않은가. 재벌들은 막대한 비자금을 마련해 특정 정치인들에게 선거자금을 대주고, 정치인들은 그 보답으로 재벌기업에 국가의 대형 프로젝트를 몰아주는 비리의 사슬이 작동한다.

이렇듯 정계와 재계 사이의 물고 물리는 관계는 결과적으로 99퍼센트의 서민들에게 돌아갈 혜택까지 1퍼센트의 기득권층이 차지하는 양극화 현상으로 이어지게 마련이다. 이들의 비자금은 온전히 세금으로 국가재정에 포함되어야 할 것들인데, 재벌들의 탈세를 눈감아주는 것 역시 정치인들이다.

1972년 미국 상원의원 보궐선거에 처음 출마할 당시 샌더스가 지출한 선거 비용은 1천 달러에 불과했다. 내가 처음 정치일선에 나설 결심을 할 수 있었던 것도 때마침 실시된 선거공영제에 따라 후보의 선거비용 부담을 크게 덜 수 있었기 때문이다. 선거 기간 동안 내가 노력해야 할 부분 중에는 언제나 비용 절감이 포함되어 있었다. 선거자금이 턱없이 부족했던 까닭에 발로 뛸 수밖에 없었다. 그런데 사실은 이게 정상이다. 빚을 지지 않고 치러야 하는 것이 선거 아닌가. 유권자들이 알아야 할 것은 선거자금을 많이 쓰는 후보야말로 당선 후 그 자금을 회수하기 위해 비리를 저지를 가능성이 크다는 사실이다.

04

누구나
평등한사회를위한
밑그림

머슴처럼 우직하게, 살림꾼처럼 부지런하게

일관된 실천만이 최선의 설득이다

•

정치인들은 기본적으로 쇼맨십이 강한 편이다. 눈에 띌수록 인지도가 오르는 탓에 너도나도 카메라에 한 컷이라도 더 찍히고, 실시간 검색어에 좀더 자주 오르내리기를 갈망한다. 때로는 여론의 관심에서 멀어지는 것이 두려워 무리수를 두기도 한다. 어쨌든 여기까지는 이해할 수 있다.

문제는 정치인들의 이러한 속성이 욕심으로 작용해서 행정에 그대로 반영된다는 점이다. 이른바 전시행정이 바로 그런 경우다. 전시행정이란 글자 그대로 내실보다는 보여주기에만 급급한 행정을 말한다. 대중의 뇌리에 각인되어 있는 구태 정치인들의 일반적인 이미지가 바로 '전시행정의 달인들'이기도 하다. 전시 효과에만 골몰한 나머지 세금을 물 쓰듯 낭비해가며 실적 올리기에 혈안이 된 이런 정치인들을 우리는 사이비 정치인이라 부른다. 이들이 노리는 것은 당연히 다음 선거에서 표를 더 많이 얻는 것이다. 하지만 그 욕망이 지나간 자리에는 어김없이 부패와 무능의 잔해가 잔뜩 쌓여 있다. 겉으로는 화려하고 거창해보이지만, 속으로는 병이 들어 썩어가는 이 구태정치의 대물림은 지금 이 순간에도 계속되고 있다.

"당신은 왜 정치에 입문했는가?"

이런 질문을 받을 때마다 나는 망설임 없이 대답한다.

"누가 됐건 이 썩은 구태정치의 쓰레기 더미를 치우긴 치워야 하니까요."

그리고 한마디 덧붙인다.

"그래야만 정치인도 진짜 머슴으로 거듭날 수 있지 않겠어요?"

가난한 사람은 빚이 많다. 갚아도 갚아도 줄지 않는 빚으로 인해 평생 가난의 굴레에서 벗어나지 못한다. 그리고 대부분의 경우 빚을 진 가장들은 모든 걱정과 시름을 숨긴 채 혼자서 그 짐을 다 떠안으려는 경향이 있다. 하지만 그런다고 빚 문제가 해결되는 것은 아니다. 끝없이 빚을 지게 되는 근본적인 원인과 그 굴레를 끊어내야만 한다. 물론 그 전에 해야 할 일이 있다. 가족의 미래를 위해 한 번쯤은 경제적 커밍아웃을 통해 다함께 지혜를 모아 해결 방안을 모색하는 이른바 '혁명적 결단'을 내려야 하는 것이다.

민선 5기 성남시장에 당선되었을 당시 나는 일을 시작해보기도 전에 빚더미에 올라앉아 있었다. 전임자가 남기고 떠난 전시 행정의 병폐들이 고스란히 빚이 되어 눈덩이처럼 불어나고 있었던 것이다. 그 빚은 말할 것도 없이 성남시민들에게 무거운 짐이 될 수밖에 없었다. 당연히 나의 최우선 당면 과제는 빚을 청산하는 것이었다. 나는 성남시가 빚더미에 오르게 된 과정부터 검토하기 시작했다.

성남시의 경우 과거 방만한 시정 운영으로 인해 재정이 부족해지자 판교신도시 개발을 위해 편성된 자금 5,400억 원을 가져다 판교 개발과 전혀 관련 없는 사업에 사용한 것부터 문제였다. 또한 판교구청사 부지 잔금 520억 원 등 총 6,500억 원이 빚으로 남아 있었다. 더구나 공식 부채가 아닌 비공식 부채여서 성남시의 재정은 악성 채무로 인해 위기 상황에 처해 있었던 것이다. 이처럼 부채가 불어난 가장 큰 원인은 전임 시장 재임 당시 토목·건축·도로 등의 공사에 지나치게 예산을 쏟아 부은 이른바 '삽질 행정'이었다.

'이 막대한 부채를 어떻게 해결할 것인가.'

앞이 막막하고 가슴이 답답한 가운데 1997년 외환위기 상황이 자연스럽게 떠올랐다. 김영삼 정부 때 경제 악화로 기인한 외환위기 사태는 결국 1998년 IMF 구제금융 사태를 불러와 국가적 이미지가 크게 실추되는 결과를 빚었다. 그때 만약 외환위기 상태를 그대로 끌고 갔더라면 국가부도로 경제가 후회막급의 사태를 맞았을 것이다. 다행히 대한민국은 금 모으기 운동 등 국민 전체가 나서서 국가부도 위기를 막아낸 결과 슬기롭게 IMF 사태에서 신속히 벗어날 수 있었다. 물론 성남시의 재정이 대한민국의 IMF 위기 때처럼 급박한 사태는 아니었지만, 비공식적인 빚을 그대로 두면 눈덩이처럼 불어나 결국 시의 재정이 고갈될 것은 불을 보듯 뻔한 일이었다.

고심 끝에 내가 내놓은 방안은 '모라토리엄 선언'이었다. 즉 당장 갚아야 할 빚을 일시 유예하여 연차적으로 결제해나가겠다는 것, 그리고 이를 법적으로 공인받음으로써 당장 눈앞에 닥친 위기부터 모면하고 보자는 고육지책의 전략이었다.

나는 당시 성남시의 예산이 집중적으로 편성되어 있던 거의 모든 사업들을 과감하게 중단하기로 했다. 당장 시민들의 불편과 고통이 불가피해지겠지만 모라토리엄을 선언할 수밖에 없을 정도로 성남시가 빚더미에 올라앉아 있다는 사실을 숨김없이 공개하고 양해를 구하는 길밖에 없었다.

성남시의 모라토리엄 선언이 언론에 공개되자마자 곳곳에서 비판 여론이 일기 시작했다. 물론 어느 정도는 예상했던 일이었다. 비판 여론들의 내용도 짐작했던 것과 크게 다르지 않았다.

"성남시를 거지 도시로 만들었다."

"그냥 열심히 빚을 갚아나가면 될 일을 구태여 동네방네 소문내서 치부를 들춰내다니."

이에 더해 기다렸다는 듯 민선 5기 선거에서 패배한 새누리당의 거센 정치공세가 밀려왔다. 전임 시장이 새누리당 소속이었기에 충분히 예상 가능한 반응이었다. 하지만 그들의 공세는 결국 누워서 침 뱉기에 불과한 것이므로 아무리 억지 트집을 잡고 나를 공격해도 전혀 개의치 않았다. 내가 진심으로 대해야 할 상대는 시민들이었다.

시민들의 불만과 고충은 충분히 이해했지만 일일이 설득하기에는 시간 손실이 너무 컸다. 내가 할 수 있는 일은 결과를 보여주는 것뿐이었다. 정책을 일관되게 실천하는 것, 연차적으로 빚을 갚으면서 모라토리엄을 졸업하는 것만이 최선의 설득이었다.

변화를 원한다면 관행부터 끊어라

•

모라토리엄 선언 덕분에 소동은 있었지만, 가장 중요한 시민들의 동의를 얻을 수 있었다. 우리는 예산부터 줄이고 투자 순위를 조정하는 등 최대한 시정에 필요한 소요 경비를 절약해나갔다. 아울러 기존 투자 사업도 원점에서부터 재검토했고, 집행시기와 규모를 조정해 집행 예산을 깎았다.

물론 크게 드러나는 사업만 조정한다고 해서 해결되는 것은 아니었다. 시에서 재량껏 할 수 있는 일과 불필요하게 낭비되는 행정적 요소들도 하나하나 꼼꼼히 살펴봐야 했다. 어떻게 하든 시의 재정을 확충하는 것이 우리의 절대 과제였다.

그동안 시에서 위탁경영을 했던 일들도 대부분 직영으로 바꾸었다. 예를 들어 종합병원에 위탁했던 노인 독감 예방접종 사업과 기타 치매관리 사업, 호스피스 사업 등을 자체적으로 운영하기로 한 것이다. 민간업자에 위탁했던 지하 차도 관리 사업도 공단위탁 운영으로 바꾸었다. 그뿐 아니라 건설공사 일상감사와 행사성 경비도 최대한 줄였다. 보도블록 재사용, 도로포장, 가로화단 및 꽃식재 등 조경공사와 같은 시에서 주관하는 크고 작은 일들에 드는 예산도 최대한 절감해나갔다. 또한 일반회계에서 직접 지출한 특별회계 사업에서도 예산을 절감했으며, 지방채를 발행해 도로·주차장 등 사업에 투자할 재원으로 특별회계 전입금 상환에 사용했다. 그밖에 각종 기타 예산을 절감해 빠져나가는 세금을 절약할 수 있었다.

이처럼 과감한 사업 구조조정과 예산절감 등 초긴축 예산을 일관성 있게 강행해나갈 수 있었던 데에는 100만 성남시민들의 인내와 믿음이 큰 힘으로 작용했다. 모두가 '오늘'과는 다른 '내일'을 바라고 있었고, 그 믿음은 조금씩 현실화되기 시작했다. 그 결과 성남시는 마침내 세 가지의 결실을 맺기에 이르렀다.

첫째, 예산삭감과 긴축재정 운영으로 판교 특별회계 5,200억 원은 현금전입 3,572억 원, 일반회계에서 직접 지출한 판교 특별회계분 274억 원, 회계 내 자산유동화 493억 원을 정리하는 등으로 3년 6개월 만인 2013년 말에 이르러 마침내 재정 건전성을 회복하게 된 것이다.

둘째, 모라토리엄 선언 후 재정적으로 어려운 상황에서도 그늘진 곳에서 어려움을 겪는 시민들에게 희망을 줄 수 있었다. 2010년에는 사회복지예산이 3,222억 원이었으나, 2015년에는 5,579억 원으로 늘어나 5년 만에 2,357억 원을 증가시켰다. 2010년 대비 사회복지예산 증가율이 무려 73퍼센트나 되었다. 즉, 교육 분야의 경우 2010년 585억 원에서 2015년 682억 원으로, 문화예술 분야는 같은 기간 504억 원에서 640억 원으로, 체육 분야는 391억 원에서 644억 원으로 늘어났던 것이다.

셋째, 모라토리엄 선언으로 다른 지방자치단체와 중앙정부의 재정운영에 대한 경각심을 불러일으켜 정부가 '지방재정위기 사전경보시스템'을 도입하는 계기를 만들어주었다.

이후 성남시는 2013년 이후 3년 연속 '지방자치단체 재정분

석 종합평가 우수기관'(행정자치부)에 선정되었다. 즉, 재정 건전
성과 효율성, 재정운영 노력 분야에서 최고등급의 평가를 받은
것이다.

모라토리엄 졸업과 복지정책으로 성남시는 일약 '벤치마킹
도시'로 떠오르며 다른 지자체들에게서 주목받기 시작했다. 마
침내 성남시민들의 믿음이 승리한 것이다. 아울러 나도 커다란
자신감이 생겼다. 무엇보다 '할 수 있다'는 사실을 보여주었다
는 것이 가장 큰 결실이었다. 나는 부정부패를 없앨 수 있다는
것, 그리하여 낭비를 줄일 수 있고 세금을 공정하게 징수함으
로써 지방정부의 재정이 안정될 수 있다는 것을 두 눈으로 똑
똑히 확인했다.

이 모든 결과는 오래전부터 우리 의식을 지배해왔던 관례와
관행을 끊어냈기 때문에 가능한 것이었다. 나는 지금도, 그리고
앞으로도, 내가 싸워야 할 가장 큰 적으로 '관례'와 '관행'을 꼽
는다. 대한민국은 법치국가이고, 행정은 그 법률이 정한 바에
의해 '기본'과 '원칙'을 지키며 추진해나가면 된다. 무엇이 어렵
단 말인가? 그럼에도 부정과 부패가 끊이지 않는 것은 바로 관
례와 관행이 우리를 절망적으로 지배해왔기 때문이다. 대한민
국의 고질적인 병폐인 관례나 관행 속에서 피 같은 세금이 줄줄
이 새어나가기 때문에 정작 써야 할 예산이 모자라고, 벌여놓은
사업을 마무리 지으려다 보니 빚더미에 올라앉게 될 수밖에 없

는 것이 작금의 현실이다. 나는 이런 악순환을 과감히 끊어내는 것이야말로 모든 정치인들의 절대적 과제라고 생각한다. 그러기 위해서는 정치인들이 스스로를 머슴이자 살림꾼임을 받아들여야 한다.

선거란 한 나라나 지역구, 지자체의 살림꾼을 뽑는 것이다. 살림꾼은 모든 것을 도맡아서 책임지고 일하는 사람이다. 그래서 나는 정치인을 머슴이자 살림꾼이라고 생각한다. 정치인은 머슴처럼 우직해야 하고, 살림꾼처럼 부지런해야 한다.

국민들이 내는 세금을 적재적소에 써서 많은 사람들에게 골고루 혜택이 돌아갈 수 있도록 하는 것이야말로 살림꾼이 해야 할 일이다. 살림꾼으로 뽑아놓은 정치인이 살림을 잘못하면 빚만 잔뜩 지게 되고, 그 피해를 고스란히 국민들이 떠안게 되어 있다. 살림을 책임지는 머슴을 잘못 두면 결국 주인이 망하는 것이다.

이제는 행복을 위해 함께 싸워야 할 때

우리는 왜 행복하지 않은가

•

국가는 사회보장·사회복지의 증진에 노력할 의무를 가진다.

— 대한민국 헌법 제34조 제2항

국가가 국민에게 '행복한 삶의 장'을 마련해주는 것이 '사회보장'이라면, 국가가 국민에게 '행복한 삶의 조건'을 만들어주는 것은 '사회복지'를 의미한다. 이것이 헌법 제34조 제2항에 대한 나의 해석이다.

모든 인간은 행복을 꿈꾸지만 각자의 주관적 해석에 따라 천

차만별로 나타난다. 하지만 행복에 관한 그 무한한 스펙트럼 속에서 절대다수의 보편적 행복을 찾아야 하는 것이 정치인의 과제일 것이다.

'과연 한국인의 보편적인 행복은 무엇일까?'

이 질문이 머리에서 떠나지 않던 어느 날, 한 권의 책을 접하게 되었다. 연세대학교 철학과 명예교수인 김형석 선생이 96세의 나이에 저술한《백년을 살아보니》였다. 오랜 시간 깊은 철학적 사유를 통해 한국인의 행복론을 연구해온 원로 철학자의 글답게 삶의 깊이와 연륜이 묻어났다. 특히 이 책의 1장 제목인 '똑같은 행복은 없다'라는 문장에 나의 시선이 한참 머물렀다. 나는 그 중 한 구절에 밑줄을 그었다.

경제는 중산층에 머물면서 정신적으로 상위층에 속하는 사람이 행복하며, 사회에도 기여하게 된다.

어쩌면 무심코 지나칠 수도 있을 법한 문장인데, 곱씹어볼수록 고개가 끄덕여진다. 이 평이하면서도 담담한 문장 안에 내가 찾던 '행복의 공통분모'가 담겨 있었다.

'경제는 중산층', '정신은 상위층'이라는 두 가지 수준을 유지하고 싶어 하는 것이 바로 지금 이 시대를 살아가는 한국인의 진솔한 내면 풍경이다. 이것을 다시 해석하면 대다수의 한국인이 '경제는 하위층', '정신은 중산층' 정도에 머물고 있다는 뜻이된다. 따라서 욕심 부리지 않고 안정적으로 행복을 누리며 살아가는 평범한 한국인들은 현재보다 삶의 질을 한 단계 높여 경제적으로 중산층이 되고, 정신적으로 상위층의 고고한 품위를 유지할 수 있기를 꿈꾸는 것이다.

대한민국이 행복해지려면 우선 경제적으로 중산층이 늘어야한다. 하지만 지금의 현실은 그렇지 않다. 무엇보다 우리 사회의 가장 큰 문제는 소득의 불균형에 있으며, 이로 인한 양극화는 갈등과 대립의 양상으로까지 확대되어 가고 있다. 구조적으로 행복해지기 어려운 조건인 것이다.

1998년 IMF 구제금융 사태가 일어나기 전까지만 해도 우리나라에는 스스로 중산층이라 자처하는 사람들이 적지 않았다. 그러나 외환위기를 겪으면서 그들 대부분이 하위층으로 전락하고 말았다. 이후 중산층은 거의 다 사라지고 위아래 상위층과 하위층만 남는 양극화 현상이 일어났다.

2016년 유엔이 발표한 〈세계행복보고서〉에 따르면 한국인의 평균 행복지수가 조사 대상 157개국 중 58위, 경제협력기구 OECD 35개 회원국 중에서는 29위로 거의 최하위권을 맴돌고 있다. 2015년에는 47위였는데, 한 해만에 11단계나 더 떨어진 것이다. 대한민국의 경제성장률이나 1인당 국민소득은 해마다 조금씩이나마 올라가고 있는 데 반해 행복지수는 오히려 하향곡

선을 그리고 있는 셈이다. 헬조선이라는 자조어가 그냥 나온 게 아니다.

  행복지수가 이렇다 보니 국민들이 느끼는 행복 불평등은 다른 OECD 회원국들보다 훨씬 심각한 수준일 수밖에 없다. 이런 현상에 대해 전문가들은 '기회의 불평등'에서 그 원인을 찾고 있다. 사회 각 분야에 걸쳐 계층의 양극화가 심화되는 가운데 특히 젊은이들의 경우 부모의 재력에 의해 출발선이 달라지는 것을 온몸으로 절감해야 하는 것이 현실이다. 이러한 기회의 불평등으로 인해 우리 사회는 점점 '흙수저'와 '금수저'로 양분되는 불합리한 구조로 치닫고 있다. 일자리를 찾지 못하는 청년들의 고통은 IMF 이래 현재까지 지속되고 있는 오랜 병폐 중 하나다. 또한 노령화가 급속하게 진행되면서 노인 세대들의 미래 불안도 행복지수를 점점 더 떨어뜨리는 요인으로 작용하고 있다.

  비단 경제적 불균형의 문제만이 아니다. 기득권 세력에 의해 좌지우지되는 답답한 정치 현실과 사회 불안 역시 국민들의 불만을 고조시키고 있다. 대의민주주의의 대원칙은 지켜지지 않고, 국민의 행복을 위해 헌신해야 할 정치인들은 오히려 주인 행세를 하며 기득권 세력들에게 부를 몰아주고 있다. 이러한 고질병을 고치려면 그 화근이 되는 본질적 문제부터 답을 찾아야 한다. 국민들이 행복감을 느끼지 못하는 것이 불평등과 불공정에 있다면 마땅히 그것을 고칠 수 있는 방안을 마련해야 한다.

그 열쇠는 바로 정치혁명, 경제혁명에 있다.

'행복할 권리'를 위해 바꿔야 할 것들

•

대한민국의 정치와 경제는 너무 오랫동안 밀착관계를 유지해 왔다. 해방 이후 70여 년 가까이 고질병처럼 굳어온 정경유착의 병폐는 이제 그 해결 방안조차 찾기 어려울 정도로 심화되어 있다. 이 암적인 고리를 과감하게 도려내야만 사회적 불평등과 불균형을 극복할 수 있을 것이다.

경제 질서를 바꾸려면 우선 정치권력부터 쇄신해야 한다. 대의민주주의 제도 아래에서 정치혁명을 일으킬 수 있는 유일한 방법은 선거다. 국민 위에 군림하는 권력자가 아니라 국민을 위해 머슴 역할을 충실히 해낼 수 있는 대통령을 뽑아야 낡은 정치의 틀을 바꿀 수 있다. 그리고 대한민국 사회에 만연되어 있는 기회의 불평등, 불공정한 경쟁, 불합리한 배분, 이 세 가지 문제를 과감하게 혁파하는 것이야말로 다음 대통령의 숙명적 과제가 되어야 한다.

정치혁명은 곧 경제혁명으로 이어진다. 경제혁명을 하려면 우선 재벌가의 비상식적인 지배구조를 개선해야 한다. 대한민국 재벌들은 5퍼센트도 안 되는 적은 지분을 갖고도 무소불위의 지배권을 행사하고 있다. 이는 분명 잘못된 관행이다. 따라서 재벌들에게 지분만큼의 권리만 행사하도록 시스템을 바꾸어야 한다. 또한 재벌들이 부당한 내부 거래로 계열사에게 일감을 몰아주는 것 역시 업무상 배임죄에 해당하므로 철저히 규제해야 한다. 우월적 지위를 이용해 대기업이 중소기업을 억압하고 착취하는 종속적 폐단도 막아야 한다.

무엇보다 시급한 것은 노동자에 대한 처우개선이다. 노동권을 강화해 노동자를 보호하고 노동의 몫도 늘려주어야 한다. 우리나라의 경우 현행 법정 초과 근로시간인 주 52시간 이상 일하는 노동자들만 360만 명이 넘는다. 법을 제대로 지켜 52시간 초과 근로분에 대해 신규 고용을 한다면 최대 50~60만 개의 일자리를 만들 수 있다. 기업들이 노동법에 명시된 근로시간만 제대로 지켜도 심각한 사회문제가 되고 있는 실업난을 상당 정도 해소할 수 있다.

현재 기업들은 노동법의 근로 기준을 지키지 않고 초과 근로수당을 통상 임금의 0.8배만 주고 있다. 기본급이 아니라 상여금 형식으로 임금을 지불하고 기본급을 기준으로 초과근로수당을 주기 때문에 벌어지는 일이다. 따라서 편법을 제거하고 초과근로수당도 법대로 1.5배씩 주도록 하고, 이를 위반할 때는 엄격한 처벌을 내려야 한다. 또한 대한민국의 2,000만 명에 가까운 노동자들 가운데 900만 명에 이르는 비정규직 노동자들에 대한 근본적인 대책도 수립되어야 한다. '동일노동, 동일임금' 의 원칙은 헌법상 평등원칙에 기반을 둔 것인만큼 정규직이나 비정규직이나 동일한 노동을 할 경우 임금의 격차가 있어서는 안 된다. 나아가 그동안 기업들이 임금착취의 한 방편으로 고용 해왔던 비정규직을 정규직으로 전환해야 할 것이다.

이제는 경제활동의 패러다임을 바꿔야 한다. 개인 이익만을 추구하던 기존의 기업 형태에서 탈피해 공생과 사회 기여가 기 업의 목표가 되어야 한다. 이상적인 모델로 사회적 기업이나 협 동조합을 예로 들 수 있다. 흔히 협동조합은 기업경쟁력이 없다 고 혹평하는 사람들도 있지만, 이것이 잘못된 견해라는 것은 세 계적으로 협동조합이 가장 발달한 스페인의 몬드라곤이나 이 탈리아의 볼로냐의 경우만 봐도 알 수 있다. 이곳에서 활동하는 협동조합은 세계적인 기업과 경쟁하는 최고 수준의 기업경쟁 력을 갖추고 있다. 세계적인 경제 위기에도 이들 협동조합은 해 고 대신 신규 고용을 늘렸으며, 노동생산성이 높아 급여 수준도 세계적인 기업 못지않다.

우리나라도 이제 자본주의의 대안적 형태로 사회적 기업과 협동조합을 좀더 활성화할 필요가 있다. 이들 대안적 기업들이 '국민의 행복할 권리'를 보장해주는 사회가 된다면 가장 바람직 한 형태의 정치·경제 혁명이 이루어질 것이다.

모든 혁명이 그렇듯이 정치혁명과 경제혁명을 이루어가는

과정에서 기득권 세력의 거센 저항을 피할 수는 없을 것이다. 하지만 대한민국이 헬조선의 굴레에서 벗어나려면 굴복하지 않고 당당히 맞서 싸워야 한다. 우리의 무기는 용기와 진실이다. 누구든 목숨을 걸면 두려움을 극복할 용기가 생기고, 아무런 사심 없이 오직 진실만을 무기로 삼아 대항한다면 반드시 승리할 수 있다. 국민 개개인의 염원이 한 덩어리가 되어 싸울 때 반세기 넘도록 양심을 속이고 개인적 욕망에만 집착해왔던 '가짜'들은 결국 굴복할 수밖에 없을 것이다.

모두가 활짝 웃을 수 있는 나라

단 하나의 기준은 오로지 국민뿐

•

2016년은 어둠의 해이자 천만 촛불이 그 어둠을 몰아낸 해이기도 하다. 그리고 새롭게 밝은 2017년을 맞이하면서 나는 마음속으로 '웃는 한 해'가 되기를 꿈꾼다. 대다수의 서민들이 웃고 싶어도 웃을 수 없는 삶을 살아가고 있기에 더더욱 웃음이 간절해진다.

지치고 굳은 얼굴들을 볼 때마다 나는 생뚱맞게 맹자孟子의 성선설性善說을 떠올리곤 한다. 모든 사람은 맑고 선하게 태어나지만 사회에 적응해갈수록 어릴 때의 해맑은 웃음을 잃게 된다는 그 말을 결국 인정해야만 하는가. 국민 모두가 활짝 웃을 수 있는 나라를 만든다는 것이 이토록 힘든 일인가.

물론 어떤 사회적 환경 속에서도 본성을 잃지 않고 늘 환하게 미소 짓는 사람들도 있다.

어느 글에선가 도를 닦아 높은 경지에 이른 한 선사의 이야기를 접한 적이 있다. 그는 자신이 하는 모든 일들이 새롭고 신기해서 늘 감탄사를 연발한다.

"오, 놀라운지고! 내가 장작을 패네! 내가 샘물을 긷고 있네!"

선사에게는 이 세상 모든 일들이 신비로워서 매순간 순간이 그 자체로 즐겁다. 행복한 마음이 절로 샘솟는 것이다. 우리 곁에 잠시 머물렀던 몇몇 종교인들도 그랬다. 김수환 추기경의 선한 미소, 성철 스님의 편안한 웃음을 떠올리면 나도 모르게 절로 입 꼬리가 올라간다.

하지만 나 같은 범인이 그런 경지에 이르기란 요원한 일이다. 세속의 모든 욕망을 초월하여 끝없이 마음을 수양해야 할 텐데 그게 가능하기나 할까. 내가 원하는 것은 국민 모두가 최소한 일 년의 절반 정도는 웃을 수 있는 그런 나라를 만드는 것이다. 그런 나라의 대통령은 어떤 사람일까? 국민을 웃게 만드는 대통령은 과연 어떤 인물일까?

분명한 것은 지난 10년간 이명박, 박근혜 두 대통령이 국민들의 얼굴에서 차례차례 미소를 빼앗아갔다는 사실이다. 입에 올리기조차 싫은 박근혜-최순실 게이트만으로도 국민들은 지칠 대로 지쳤다. 국민들은 '저런 사람을 대통령에 앉혀놨다니!'라며 분노를 금치 못하고 있다. 그런데 미국의 사드THAAD(고고도미사일방어체계) 배치 여파로 중국과 불편한 관계가 지속되고, 부산 일본영사관 앞의 소녀상 철거 문제로 일본의 압박이 거세지는 등 외교의 불안마저 가중되고 있다. 미국 대통령에 당선된 트럼프는 "한미 자유무역협정FTA으로 미국 내 일자리 10만 개가 사라졌다"며 재협상을 요구할 태세여서 기업인들을 잔뜩 긴장시키고 있다. 게다가 수출까지 저조현상을 보이면서 경제 불안 또한 마음을 놓을 수 없다. 어디 그뿐인가? 조류인플루엔자AI 확산을 조기에 잡지 못해 3천만 마리가 넘는 가금류를 살처분하는 바람에 계란 값이 급등하면서 덩달아 소비자 물가까지 치솟고 있다.

이러한 총체적인 불안 속에서 국민들은 일그러진 얼굴을 좀처럼 펼 수가 없다. 그런 얼굴에서 어떻게 웃음을 기대한단 말인가. 나라를 이 지경으로 만들어놓고도 여전히 거짓말로 발뺌만 하려는 박근혜 대통령을 보면서 나는 핀란드의 타르야 할로넨Tarja Halonen 대통령을 떠올린다.

2000년부터 2012년까지 12년 동안 핀란드를 이끌어갔던 그녀는 박근혜 대통령과 마찬가지로 핀란드 최초의 여성 대통령이었다. 그러나 국민들의 평가는 대한민국과 정반대였다. 임기

1년을 남기고 지지율이 4퍼센트대로 떨어져 대한민국 대통령 가운데 최하위를 기록한 박근혜와 달리 12년간의 재임 기간을 마치고 물러날 당시 타르야 할로넨 대통령의 지지율은 무려 80 퍼센트에 육박했다.

타르야 할로넨 대통령은 재임 기간 동안 핀란드를 국가청렴도·국가경쟁력·환경지수·교육경쟁력 등 거의 모든 분야에서 세계 1위 국가로 끌어올렸다. 이 기간 동안 핀란드의 국민소득은 3만 6천 달러에 달했다. 핀란드 국민들 사이에서 그녀는 단순히 대통령이 아닌 '무민 맘마', 즉 '국민 엄마'로 통했다.

"기준을 하나로 정하면 판단이 명확해집니다. 나의 목표는 국민의 행복이고, 따라서 내가 가진 단 하나의 기준은 국민입니다."

이것이 타르야 할로넨 대통령의 통치 철학이다. 사실 이 단순한 문장 하나에 정치의 모든 것이 녹아 있다.

재임 시절 타르야 할로넨 대통령은 늘 웃는 얼굴로 국민 앞에 나타났고, 그것이 국민과의 소통을 직렬로 연결하는 놀라운 효과를 가져왔다. 웃는 대통령을 보면서 국민들의 얼굴에도 웃음 꽃이 만발했던 것이다. 지금의 우리에게 핀란드는 너무도 먼 나라가 아닌가.

마음은 절대로 가난해질 수 없다

•

우루과이의 호세 무히카 Jose Mujica 대통령 이야기도 빼놓을 수 없다. 호세 무히카 대통령의 학력은 고향에서 초·중등공립학교를 나온 것이 전부였다. 이후 그는 민중해방운동에 힘썼으며, 한때 군부정권에 의해 13년 동안 수감 생활을 하기도 했다. 2004년에 우루과이 대통령에 당선된 그는 2010년 퇴임 후 현재까지 고향인 몬테비오에서 농사를 지으며 살고 있다. 그는 세계적으로 '가장 가난한 대통령'으로 잘 알려져 있다.

"나는 가난하지만 마음은 절대 가난하지 않습니다. 삶에는 가격이 없습니다. 부자들이야말로 가난한 사람들입니다. 왜냐하면 그들의 욕심은 끝이 없기 때문입니다. 가난한 사람들에게 필요한 건 동정이 아니라 기회입니다. 인생에서 가장 중요한 것은 물질이 아니라 삶을 누릴 수 있는 시간입니다."

이것이 그의 철학이다. 어린 시절부터 대통령이 될 때까지, 그리고 퇴임 후에 고향으로 돌아가 아내와 함께 농사를 지으며 살고 있는 현재까지도 그는 자신의 소신과 철학을 지켜왔다. 스스로 말했듯이 평생 동안 '가난하지만 마음은 절대 가난하지 않게' 살아온 것이다.

1994년 하원의원으로 정치를 시작한 호세 무히카는 이후 상원의원, 농축산부 장관을 거쳐 대통령에 당선되었다. 대통령이 된 직후 그는 가장 먼저 고소득층에게 세금을 많이 받아내 가난한 사람들에게 집을 지어주는 주택공급사업을 시작했다. '부의 재분배'야말로 국가의 가난을 극복하는 지름길이라는 것이 그의 생각이었다.

대통령 재임 기간 동안 그는 우루과이 법률에 의거해 다른 노동자들처럼 1년에 14개월 치 월급을 받았다. 그러나 그는 자신의 월급 1만 달러 가운데 매월 87퍼센트를 꼬박꼬박 기부했다. 평소 검소와 청렴을 실천해온 그는 대통령궁을 노숙인들에게 내주기까지 했다. 그 결과 유럽 발 경제위기에도 불구하고 우루과이는 매년 5.7퍼센트의 경제성장률을 기록하는 등 놀라운 경제성장을 이룩하여 국제적 관심을 끌었다.

우루과이 국민들은 호세 무히카 대통령을 '페페(친근한 할아버지라는 뜻)'라고 불렀다. 이 호칭이 딱 들어맞을 만큼 그의 얼굴에서는 대통령의 권위가 보이지 않고 마음씨 착한 할아버지의 웃는 모습이 느껴진다.

"불평등의 구조적인 원인을 수정해야만 빈곤층의 문제를 근본적으로 해결할 수 있습니다. 그렇게 하지 않는다면 결국 세상의 어떤 문제에도 해답을 찾지 못할 것입니다. 불평등은 사회악의 근원이기 때문입니다."

호세 무히카 대통령은 이처럼 소득과 부의 재분배를 강조하면서 모두가 더불어 잘 사는 사회의 추진력이 거기에 있다고 강조했다. 그는 또 리우+20 정상회담에서 이렇게 말하기도 했다.

"우리는 단순히 지금처럼 세상을 개발하기 위해 온 것이 아닙니다. 우리는 행복해지기 위해 이 세상에 왔습니다. 인생은 짧고 곧 지나가기 마련입니다. 근본적으로 그 어떤 값진 보물도 생명보다 귀하지 않다는 것입니다."

정의의 빗자루로 대한민국을 청소하자

•

얼굴이 때 묻지 않은 순수한 미소로 가득한 사람은 얼마나 아름다운가. 그런 사람은 가진 것이 많지 않더라도 스스로 가난하다고 여기지 않는다. 마음이 부자이기 때문이다.

우루과이의 '세상에서 가장 가난한 대통령' 호세 무히카와 핀란드의 여성 대통령 타르야 할로넨, 이 두 사람에게는 공통점이 있다. 둘 다 '정치'에 관한 확고한 철학을 가지고 있다는 점이다. 대통령은 국민의 행복을 위해 봉사하는 사람이라는 사실을 두 사람은 잘 알고 있었다. 두 사람의 얼굴에 늘 미소가 흐르는 것은 국민 모두에게 행복을 전파하려는 진심에서 비롯된 것이다. 웃음은 물결처럼 다른 사람들에게 전파되는 속성을 갖고 있다. 그래서 대통령의 진심 어린 웃음이 국민들의 얼굴로 번져나가는 것이다.

"한 사람이 쓸고 간 자리에 열 사람이 웃고 온다."

어린 시절 교실 벽에는 이런 표어가 붙어 있었다. 어쩌면 이 시대에 가장 필요한 말이 아닐까.

대한민국의 정치는 부패했고 사회는 불균형과 불평등으로 얼룩져 있다. 이런 정치, 이런 사회적 불합리를 빗자루로 청소하듯 깨끗이 쓸어버려야만 우울한 국민들의 얼굴에 비로소 미소가 번질 것이다. 나는 그 청소를 하기 위해 빗자루를 들고 싶다. 머슴이 빗자루를 드는 것은 당연한 일이다. 내가 쓸고 간 자리에 국민들이 웃으며 걸어온다면 그것으로 나는 행복할 수 있을 것이다.

예로부터 우리 민족은 신명이란 것이 있어 누군가 흥을 돋워주면 저절로 어깨춤이 나온다고 했다. '마당이 기울어졌어도 춤은 바로 추라'는 말이 있듯이 대한민국 사람은 신명이 나면 장소와 때를 가리지 않고 너와 내가 한마음으로 어깨동무를 하고 흥겹게 춤을 춘다.

대한민국의 케이팝K-POP이 전 세계에 알려져 인기를 끌고 있다. 우리 민족의 유전자인 흥과 신명을 전 세계 사람들도 알아주기 시작했다는 증거다. 이제부터라도 정말 신명나는 세상을 만들어가야 할 때다. 두레패처럼 꽹과리와 북을 들고 장구를 치고 상모를 돌리며 흥을 돋우어 국민 모두가 신명나는 어깨춤을 출 수 있는 날이 오기를 간절히 바란다. 케이팝이 아니어도 정

치만으로도 국민들이 자부심을 더 가질 수 있는 대한민국을 소
망한다.

시민운동을 하면서 깨달은 것들

내 양심의 가격은 얼마일까

•

나는 '불광불급不狂不及(미치지 않으면 이르지 못한다)'이란 말을 좋아한다. '신명'이라는 말도 좋아한다. 2002년 월드컵 당시 거스 히딩크Guus Hiddink 감독이 태극전사들에게 주문했다는 '게임을 즐겨라'라는 말은 또 어떤가.

미쳐야 미친다고 했다. 나는 '미쳐라', '즐겨라', '신이 난다'는 말을 모두 동의어라고 생각한다. 우리는 원래 신나게 즐기고 미치도록 열심히 살아가는 민족이었다.

1994년부터 참여한 '성남시민모임' 운동을 나는 정말 신명나게 해나갔다. 낮에는 변호사 업무, 밤에는 시민운동에 뛰어드느라 아침 7시에 집에서 나오면 다음 날 새벽 2시가 되어서야 귀가했다. 주말은 더 바빴다. 각종 시민운동 행사가 몰려 있어 가족들과 함께 보낼 여유가 전혀 없었다.

성남시민모임에서 처음으로 대규모 시민운동을 벌인 것은 '성남시 남부 저유소 공사 반대운동'이었다. 대장동에 있는 광교산 자락의 야산에 저유소를 짓는 사업이었는데 안전 환경 문제를 내세워 공사를 저지하기로 한 것이다. 나는 분당의 아파트 단지를 찾아다니며 부녀회를 만나 저유소 건설이 환경에 얼마나 저해 요인이 되는지 설명했다. 휴일을 반납한 채 분당의 아파트 단지를 샅샅이 찾아다닌 끝에 마침내 부녀회의 적극적인 지지를 얻어낼 수 있었다. 이렇게 2~3년간의 노력에 힘입어 성남 남부 저유소의 정재유와 항공유의 안전 보장을 확보하는 소기의 성과를 거두었다. 그러나 애초 시작할 때의 목적을 달성하지 못해 결코 만족스럽다고 할 수는 없었다.

두 번째로 컸던 시민운동은 이른바 '파크뷰 특혜 분양 사건'이라 불리는 사건과 얽혀 있다. 2000년 5월, 성남시는 주민의 여론조사를 조작하면서까지 분당구 백궁·정자지구 중심상업지구를 아파트 단지로 바꿔주었다. 이에 따라 사업시행자는 주상복합아파트 사업을 시행할 수 있게 되었는데, 중심상업지구의 아파트 단지 용도 변경은 엄청난 이권이 걸린 사업이었다.

나는 이 사업이야말로 성남시가 사업자에게 특혜를 준 사건이라고 판단했다.

나는 성남시민모임 회원들과 함께 유인물을 만들어 성남시 내의 전 지역은 물론이고 서울역과 강남터미널에도 뿌렸다. 논란이 되면서 언론에서도 점차 관심을 갖기 시작했다.

이때부터 나는 갖은 음해와 협박뿐 아니라 유혹에 직면하기 시작했다. 하루는 누군가 나를 찾아와 20억을 투자할 테니 지역신문을 만들어볼 생각이 없느냐고 제의해왔다. 조건은 파크뷰 특혜 분양 사건에서 빠져달라는 것이었다. 그들은 내가 지역 언론에 관심이 많다는 것도 이미 사전조사를 통해 파악해둔 상태였다. 나는 장난삼아 내 양심을 팔 경우 그 가격이 얼마나 될까 계산해보았다.

"에이, 20억이 뭡니까? 아무리 지방 신문이라 해도 5,000억은 있어야 신문다운 신문을 낼 수 있지 않겠습니까?"

나는 그런 식으로 파크뷰 측의 유혹을 거절했다. 그러자 상대는 내가 돈이 적어서 거부했다는 식으로 소문을 퍼뜨렸다. 적반하장이 따로 없었다.

그들은 회유가 실패로 돌아가자 이번에는 허위사실을 유포해 나를 음해하기 시작했다. 내가 사는 동네에 헛소문을 퍼뜨리고, 변호사 사무실 앞에 와서 데모를 하는가 하면 음해하는 내용이 실린 유인물까지 뿌려댔다. 없는 사실을 만들어 불효자식,

패륜아로 몰고, 이것도 모자라 경기도 모 일간지 두 군데에 기사화한 후 신문을 수십만 장 복사해 성남 각지에 뿌리기도 했다.

이런 일이 벌어지는 동안에도 나는 전혀 겁을 먹지 않았다. 나는 '사필귀정事必歸正'이라는 말만 계속해서 중얼거렸다. 거짓말은 오래가지 않는 법이라고, 언젠가는 반드시 드러나게 될 것이라고.

그러자 이번에는 직접 협박을 해오기 시작했다. 나에게만 협박을 한다면 얼마든지 참아줄 수 있지만 집에 전화를 걸어 아이들까지 위협하는 데에는 도저히 참을 수가 없었다. 실제로 집 주변을 누군가 감시하기 시작한 것이다. 나는 말로만 듣던 테러를 당할 수도 있다고 생각했다. 협박 전화로 두려움에 떠는 가족들을 더 이상 두고 볼 수도 없었다.

나는 경찰서를 찾아가 총기 소지 신고를 하고 연발 가스총을 구입했다. 거금 30만 원을 주고 샀는데 권총과 모양이 흡사했다. 그 총을 누가 보란 듯이 양복바지 뒷주머니에 찔러 넣고 다녔다. 얼마나 오래 그러고 다녔는지 뾰족하게 총구가 튀어나온 부분이 닳고 닳아 양복바지 뒷주머니에 구멍이 여러 차례 뚫렸다.

억울한 도망자

•

그러던 중 케이비에스KBS '추적 60분' 팀에서도 '분당 파크뷰 특혜 분양 사건'에 대한 취재에 나서게 되었다. 어느 날 담당 피디가 나를 찾아와 인터뷰를 요청했다.

피디가 던진 질문에 조목조목 증거를 들어가며 전모를 밝히고 있을 때였다. 갑자기 피디의 휴대폰이 울렸다. 당시 성남시의 김병량 시장으로부터 전화가 걸려온 것이다. 아마도 인터뷰를 위해 사전에 피디가 전화를 해두었는데 마침 시장이 바쁘거나 부재중이어서 받지 못했던 모양이었다. 귀를 기울여보니 김병량 시장이 피디에게 "당신 누구냐?"라고 묻는 것 같았다. 그때 피디가 태연한 목소리로 대답했다.

"나 수원지검의 파크뷰 사건 담당 ○○○ 검사요. 도와줄테니 사실대로 말하시오."

나는 약간 놀랐지만 취재의 편의를 위해서 피디가 검사를 사칭하는 것이라고만 생각했다. 흔히 언론사 기자나 방송국 피디가 취재를 할 때 곧잘 쓰는 수법이라 대수롭지 않게 여긴 것이다. 그런데 김병량 시장은 상대가 검사라고 하자 곧이곧대로 사건 전말에 대해 말하기 시작했고, 피디는 그 내용을 모두 녹음했다. 그리고 얼마 후 그 내용이 그대로 KBS 추적 60분에 방영되었다.

당시는 2002년 지자체장 선거를 앞두고 있을 때였다. 나는 비리에 연루된 성남시장을 고발하기 위해 나를 인터뷰했던 KBS 추적 60분 담당 피디에게서 김병량 시장과의 전화 내용 녹음 파일을 제공받았다. 그리고 기자회견을 열어 그것을 그대로 공개했다. 이미 추적 60분에 공개된 내용이라 큰 의미는 없었다. 하지만 김병량 시장이 발끈하여 나를 고소하기에 이르렀다. 내가 KBS 추적 60분 피디를 시켜서 검사를 사칭하게 한 뒤 무단으로 전화 내용을 녹취했다는 것이었다. 나는 당연히 그런 사실이 없으니 피디가 증인으로 나서주면 해명이 되리라 생각하고 방송국으로 전화를 걸었다.

"내가 김병량 시장에게 고소당한 사실을 알고 있습니까?"

이렇게 묻자 피디는 짤막하게 '알고 있다'고만 대답했다. 나는 전화가 가면 사실대로 대답해달라고 부탁했다. 그리고 검찰에 출두하기 위해 집을 나서면서 다시 피디에게 확인 전화를 했다. 그런데 이번에는 전화를 받지 않았다. 그때 KBS에서 누군가가 나에게 전화를 걸어와 "사건이 불리한 쪽으로 진행되고 있는 것 같다"고 귀띔을 주었다.

만약에 피디가 사실을 그대로 밝히지 않는다면 어떻게 될까? 김병량 시장의 고소 내용대로 내가 시켜서 검사를 사칭했다고 말해버리면 나는 곧바로 구속될 수밖에 없는 상황이었다.

나는 진실이 밝혀질 때까지 일단 숨어 있어야겠다는 생각에 그날 친구와 함께 차를 빌려 강원도로 향했다.

원주 치악산으로 가던 중 경찰의 검문에 걸리고 말았다. 나는 차분하게 미리 준비해둔 대로 동생의 인적사항을 불러주었다. 만일의 상황에 대비해둔 것이었다. 다행히 검문이 까다롭지 않아 위기를 넘길 수 있었다. 그 길로 평창에 도착해서 연락해야 할 곳에 모두 연락을 한 뒤 휴대폰 배터리를 제거하고 설악산 쪽으로 들어갔다.

당시는 한창 월드컵 경기가 벌어지던 시기였다. 나는 친구와 함께 주로 강원도 지역을 돌다가 경찰의 추적망이 좁혀져 오는 것 같아 다시 서울로 향했다. 서울의 거리에서 월드컵을 보며 여관을 전전하다가 7월경에 결국 성남검찰청으로 직접 찾아가 자수했다. 그땐 이미 피디도 벌금을 물고 나온 상태였다. 나 역시 대법원 판결에서 벌금 150만 원 형을 받고 풀려났다.

두 달 간 수배자가 되어 숨어 지내는 동안 가장 걱정되었던 것은 가족이었다. 구속된 후 11일 만에 구치소에서 풀려나 집에 돌아왔더니 다행히 나 없이도 집안이 잘 돌아가고 있었다. 모두 아내 덕분이었다.

그해 연말에 나는 결혼 후 처음으로 긴 휴가를 떠났다. 그런데 그제야 아내가 실토를 하기 시작했다. 내가 수배당해 도망 다니는 동안 검찰이 들이닥쳐 가택을 수색하고 계속해서 누군가 협박전화를 걸어왔다는 것이었다. 아내는 '무섭고 외로웠다'

고 말했다.

　가슴이 쿵 하고 내려앉는 느낌이었다. 입이 열 개라도 아내에게 할 말이 없었다. 아무 말 없이 잘 견뎌준 아내가 한없이 고마웠고 미안했다. 말 없이 가슴으로 눈물만 삼켰다.

　내가 파크뷰 사건으로 구속되어 있을 때, 당시 한나라당 소속이던 황우여 의원 등 국회의원 몇 명이 구치소로 찾아와 접견한 적이 있었다. 보수 언론들도 '이재명 구속 지나치다'라는 사설을 쓰는 등 정치 탄압 조작 사건이라고 보도했다. 그런데 아이러니컬하게도 현재 더불어민주당 소속이자 성남시장인 나를 향해 악성 보수언론과 새누리당은 '파크뷰 사건의 전과자'라며 비난을 일삼고 있다. 동일한 사건, 동일한 사람에 대해 자신의 이익에 따라 손바닥 뒤집듯이 입장을 바꾸는 것이 정치인과 언론의 속성인가 싶어 씁쓸하기만 하다.

우리 세대에서 역사의 굴레를 끊어내야 한다

다시 울리기 시작한 백 년 전 경고음

•

> 과거와 현재의 끊임없는 대화, 그것이 역사다.
>
> — E. H. 카, 《역사란 무엇인가》 중에서

과거를 '죽은 역사'로 생각하지 않는다는 점에서 나는 E. H. 카의 정의에 깊이 공감한다. 과거는 여전히 살아 움직이며 현재의 우리에게 끊임없이 질문을 던지고 있다. 그 질문에 대한 답을 찾아가는 고뇌의 과정 속에서 우리는 당면한 문제의 열쇠를 찾을 수 있고, 나아가 미래를 예견할 수 있는 지혜까지 얻을 수 있다. 이처럼 역사를 '연결된 한 덩어리'라는 관점으로 대하다보면 자연스럽게 '시간'에 대해서도 새로운 시각이 열린다.

시간은 과거로부터 현재로, 현재에서 미래로 흘러간다. 그러나 이것은 인간이 인위적으로 끊어놓은 '시간의 개념'일 뿐이다. 시간은 그렇게 칼로 두부모 자르듯 과거, 현재, 미래로 토막 낼 수 있는 것이 아니다. 물처럼 흐르는 것이 시간이기 때문이다. 물이 흐르는 가운데 존재하듯 시간 또한 흐름 속에 존재한다. 물이 흘러가는 동안 모든 순간들이 새로운 존재인 것처럼 시간 역시 과거·현재·미래가 한 흐름 속에 놓여 있는 새로운 존재에 다름 아닌 것이다.

밤하늘의 별빛도 사실은 10만 광년 전의 것들이다. 그 별빛이 10만 년 전에 지구상으로 빛을 발하며 내려오는 과정 모두가 순간순간의 새로운 시간인 셈이다. 역사도 마찬가지가 아닐까? 과거의 순간순간들이 이어져 현재로 내려온 것이고, 현재 또한 그런 흐름의 연속으로 새롭게 미래를 향해 이어진다. 현재의 내가 과거를 새롭게 해석할 수 있는 것도, 그 지혜로 현재를 파악하고 미래로 연결해나갈 수 있는 것도 모두 살아 있는 시간의 흐름 속에서 가능한 일이다.

2017년 정초부터 탄핵 정국의 혼란을 틈타 일본이 움직이기 시작했다. 부산의 일본영사관 앞에 세운 위안부 소녀상을 빌미 삼아 일본 정부가 주한 일본대사와 총영사를 일시 소환하는 등 강력한 조치를 취하며 외교적 압박을 가해온 것이다.

중국은 또 어떤가? 주한미군의 사드 배치에 대한 대응 조치로 한류 열풍 차단, 한국 제품 불매운동 등 다각적인 경제 보복 조치를 펼치고 있다. 심지어 러시아마저 사드 배치에 대해 거부감을 드러내는 가운데 우리나라를 둘러싼 동북아시아 외교 안보의 형세가 갈수록 복잡하게 꼬여가고 있는 상황이다. 이는 박근혜 정부가 사드 배치를 공식화할 때부터 충분히 예상했던 일들이다. 결과적으로 이 모든 파장을 해결할 만반의 준비는커녕 의지와 능력도 없는 상태에서 일을 저질러버린 셈이다.

"시장님, 우리나라는 도대체 언제까지 이래야 합니까?"

언젠가 한 학생이 내게 물었다. 얘기인즉 대한민국을 가운데 두고 동서남북의 열강들이 압박을 가해오는 지금의 상황이 100년 전과 전혀 다르지 않다는 것이었다. 너무 맞는 말이라 고개를 끄덕일 수밖에 없었다. 보라, 100년 전 구한말의 동북아 정세와 판박이 같은 상황이 2017년 오늘날에도 똑같이 진행되고 있지 않은가.

100년 전 제국주의 열강들이 호시탐탐 한반도를 손에 넣기 위해 암투를 벌이던 그 과거의 시간은 어쩌면 현재의 우리에게 일종의 경고 사이렌이었을지도 모른다. 그 경고음을 외면한 대가를 후손들이 치르고 있는 것이다. E. H. 카의 '역사는 과거와 현재의 끊임없는 대화'라는 정의가 뼈아프게 다가온다.

어떤 이들은 이러한 역사의 반복을 숙명으로 받아들이기도 한다. 실제로 자유주의를 표방하는 세계 여러 나라들이 '지구촌의 평화'를 내세우며 우호관계를 유지하려고 노력해왔지만, 역사 이래 현재에 이르기까지 지구촌에서 전쟁이 멈춘 적은 거의 없었다. 지금 이 순간에도 각 나라들이 엄청난 방위비 부담을 감내하면서까지 지속적으로 군사력을 강화하고 있다. 이는 열강들 중 어느 나라도 상대를 견제하는 심리에서 결코 자유롭지 못하기 때문이다. 일찍이 세계 평화를 위해 각국은 국제연합UN에 가입했지만, 과연 지구상에서 전쟁을 완전히 종식시킬 힘이 UN에 있을 것이라 믿는 나라가 있을까?

특히 세계 유일의 분단국가인 대한민국은 주변의 열강들 사이에 낀 채 전쟁의 불안에서 벗어나 본 적이 없다. 남북의 대치 국면은 당면한 문제이므로 결코 좌시할 수 없는 사안이고, 최근 열강들의 외교 전략은 100년 전 구한말 시대의 각축전과 다를 바 없다. 이 첨예한 갈등 관계 속에서 터져 나온 것이 사드 배치 문제인 것이다.

최근까지의 흐름을 되짚어보면, 중국이 자유경제를 도입한 이후 G2로 급부상하고 미국이 잔뜩 긴장하면서부터 한반도 주변의 기류가 달아오르기 시작했다. 경제·외교·군사 등 모든 분야에 걸쳐 두 강대국이 대립각을 세우면서 라이벌 관계가 형성된 것이다. 이에 미국은 중국을 견제하기 위해 대한민국에 사드를 배치하겠다며 박근혜 정부와 합의했다. 한반도에 사드가 배치된다고 하니 중국으로서는 경계하지 않을 수 없게 된 것이다.

바로 이 시점에서 우리는 100년 전의 경고음에 다시 귀를 기울여야 한다. 미국과 일본의 밀월 관계로 인해 불리해지는 것은 중국이 아니라 대한민국이기 때문이다. 나는 현재의 상황을 보며 100년 전 '가쓰라-태프트 밀약'을 떠올리지 않을 수 없다.

가쓰라-태프트 밀약은 을사늑약이 일어나기 5년 전인 1905년, 당시 일본의 내각총리대신이자 임시 외무대신이었던 가쓰라 다로桂太郎와 미국의 육군 장관 윌리엄 태프트William Taft 사이에 맺어진 비밀협약이다. 당시 일본은 대한제국뿐 아니라 동남아시아까지 지배하려 했고, 미국은 필리핀을 식민지로 삼으려는 야욕에 불타고 있었다. 이때 일본과 미국은 서로 격돌할 경우 피차 손해를 볼 것이라는 판단에 따라 가쓰라-태프트 밀약을 맺기에 이른다. 즉 쌍방의 암묵적인 동의 아래 대한제국은 일본이, 필리핀은 미국이 식민지화하기로 한 것이다.

이후 전개된 역사적 흐름 역시 모두가 아는 사실들이다. 일본은 태평양전쟁을 일으켜 중국을 거쳐 동남아시아로 진출했고, 진주만 공격으로 미국에 선전포고를 했다. 일본이 먼저 밀약을 깨뜨린 것이다. 이에 미국은 원자폭탄을 투하함으로써 역사상 가장 참혹한 보복과 동시에 전쟁의 마침표를 찍었다.

일본과 미국의 밀약을 성공시킨 윌리엄 태프트는 그 뒤 제27

대 미국대통령을 지냈고, 그의 사후에 고향인 오하이오 주 신시내티에는 기념비가 세워졌다. 그리고 그 비문에 '가쓰라-태프트 밀약'의 내용이 새겨져 있다.

그로부터 100년이 흐른 지금, 중국의 급부상에 따라 일본과 미국이 다시금 밀월 관계를 형성하면서 불길한 데자뷔가 펼쳐지고 있다. 자국의 이익이 보장된다면 미국이 언제 또 다시 일본에게 제2의 태프트를 보내 대한민국에 절대적으로 불리한 밀약을 맺을지 알 수 없는 일이다. 일본의 자위대는 막강한 군사력을 가지고 있으며, 미국은 이미 일본이 군사 무력을 행사할 수 있도록 길을 열어주었다. 이제 일본은 언제든 자국의 보호를 빌미로 군대를 동원할 수 있는 국가가 된 것이다. 이런 우려를 그저 일본의 식민 지배에 따른 트라우마로만 치부한다면 우리는 역사의 경고음을 또 한 번 놓치는 것이다.

미래를 바꾸려면 냉철해져야 한다

•

미국의 한반도 사드 배치 논란 속에서 나는 또 하나의 역사적 경고음으로 동학혁명 당시의 한반도 상황을 떠올리곤 한다. 당시 조선의 위정자들은 거세게 일기 시작한 동학혁명의 불길을 끄기 위해 일본군을 끌어들였다. 그렇게 조선 땅으로 입성한 일본군은 계속해서 주둔하며 국정을 간섭하기 시작했고, 기어이 명성황후를 시해한 뒤 을사늑약과 식민 지배로 이어지는 야욕의 프로세스를 착착 진행해나갔다.

100년이 흐른 지금, 박근혜 정부는 북한의 핵을 방어한다며 한반도에 미국의 사드를 배치하겠다고 밝혔다. 물론 지금의 북한과 조선말의 동학군을 단순 비교할 수야 없겠지만, 문제는 미국 역시 당시의 일본과 마찬가지로 한반도에서 결코 철수하지 않을 것이라는 점이다. 한국전쟁 이후 현재까지 주한미군이 철수하지 않고 있는 것을 보면 충분히 짐작할 수 있는 일이다. 게다가 제45대 대통령이 된 도널드 트럼프는 유세 기간 동안 주한미군의 주둔비 분담금을 더 올려야 한다고 공언한 바 있다. '한국이 너무 적게 내고 있다'는 것이 그의 주장인데 과연 그럴까?

현재 전 세계에 파견되어 있는 미군의 주둔비 비율을 보면, 독일이 18퍼센트, 일본이 50퍼센트인데 반해 대한민국은 70퍼센트가 넘는다. 더 나아가 공식적인 주둔비 분담금 이외에도 대한민국은 부동산 지원, 카투사·경찰 지원, 세제 감면, 공공요금 감면 등의 혜택까지 주한미군에게 제공하고 있다. 만약에 향후 트럼프 정부가 실제로 주한미군 주둔비 인상을 공식적으로 요구해올 경우 우리는 어떻게 대처해야 할까? 대한민국이 미국의 종속국가가 아닌 다음에야 마땅히 타국과의 주둔비를 비교해가며 합리적으로 논쟁해야 할 일이다.

이런 상황에서 최근 촛불집회 현장의 한 귀퉁이에 모여 탄핵 반대 시위를 펼치던 박사모 회원들이 대형 태극기와 미국 성조기를 나란히 펄럭이며 행진해서 논란을 낳은 적이 있다. 놀랍기 짝이 없는 일이지만, 사실 박근혜 정부를 비롯한 가짜 보수 기득권 세력들이 어떤 생각을 품고 있는지 엿볼 수 있는 장면이다.

더 나아가 이제 미국은 주한미군 주둔비 인상뿐 아니라 사드까지 배치하려고 한다. 거듭 말하지만 사드 배치는 안 될 말이다. 사드가 북한의 미사일 공격을 방어한다는 논리도 어불성설인데다 오히려 중국 견제용이라는 해석으로 인해 한중 관계를 갈등 국면으로 몰고 있는 실정이다.

사드 배치는 우리에게 적지 않은 경제적 손실을 야기할 뿐 아니라, 북핵 미사일을 억제하기 위한 국제공조를 느슨하게 만들어 북한이 반사이익을 볼 수 있게 할 우려마저 있다. 또한 한반도의 군사적 긴장을 고조시킴으로써 남북간 군비 경쟁을 더욱 치열하게 만들고, 결국 국민의 부담도 그만큼 커질 수밖에 없다. 그뿐 아니라 평화통일은 더욱 멀어지고, 한반도를 둘러싼 강대국들의 군사적 긴장만 확대하는 원인이 되고 있다. 이처럼 아무런 실익도 없는 정책을 박근혜 정부는 국민의 동의도 구하지 않은 채 일방적으로 추진하고 있다. 사드 배치 계획을 철회해야 한다는 많은 국민의 목소리에도 그들은 여전히 귀를 닫고 있다.

앞으로도 미국의 사드 배치 압박은 계속될 전망이다. 이것이 우리의 현실이다. 우리는 해방 이후 오늘날에 이르기까지 대한민국 국방을 미국의 군사력에 의존해왔다. 국방예산이 부족해서일까? 그렇지 않다. 대한민국의 1년 예산 400조 원 중 국방예산은 그 10퍼센트에 해당하는 40조 원이다. 이는 북한의 1년 국민총생산 30조 원보다 많은 금액이다. 군사력 지수로 볼 때도 대한민국은 세계 11위이고 북한은 25위이다. 그런데도 자주국방이 안 되고 있다는 것이 문제다.

1년 국방예산 40조 원이면 얼마든지 자주국방이 가능하다. 문제는 그 예산이 제대로 쓰이지 않고 있다는 점이다. 방사청에서 미국으로부터 무기를 사들이는 과정만 봐도 숱한 비리로 인해 국민의 혈세가 허무하게 새어나가고 있지 않은가. 40조 원을 제대로만 사용한다면 대한민국도 미국에서 무기를 사들일 필요 없이 자체 기술로 무기를 만들어 자주국방을 실현할 수 있을 것이다.

이런 문제들을 하나하나 짚어가다 보면 결국은 분단 상황이라는 뼈아픈 현실과 다시 마주치게 된다. 남북 분단으로 인해 대한민국이 부담하고 있는 비용은 결코 만만치 않다. 이른바 '분단비용'인데, 평화통일이 된다면 이 비용을 획기적으로 줄일 수 있을 것이다. 한반도에 항구적인 평화가 찾아오면 군 병력의 규모를 줄일 수 있을 뿐 아니라 쓸데없는 무기개발 및 구입에 막대한 예산을 쏟아 부을 필요도 없을 것이다.

　이 시점에서 다시 역사를 생각해본다. '앞으로 100년 이후 우리의 후손들은 지금의 분단 시대를 과연 어떻게 바라볼까?' 긴 역사의 관점에서 냉철한 자기진단을 해볼 필요가 있다. 분단은 우리 민족 스스로가 만든 것이 아니라 외세에 의해 강요된 것이다. 만약 우리 시대에 분단의 아픔을 극복하고 평화통일을 이룩하지 못한다면 지금의 우리 세대는 대한민국 역사에서 가장 못난 선조로 남게 될지도 모른다.

　역사는 고비마다 경고음을 울리며 우리에게 메시지를 전하고 있다. 그 메시지에 귀를 기울여야 미래를 바꿀 수 있다. 이 경고음을 듣지 못한다면 주기적으로 되풀이되는 역사적 판박이 상황에 직면할 수밖에 없다.

　지금의 대한민국은 바다를 향해 거침없이 흘러가야 할 강물이 어느 한 지점에 가로막혀 제자리 흐름만 되풀이하는 형국이다. 이제 물꼬를 터야 한다. 역사의 되풀이를 끊고 앞으로 나아가야 한다. 평화통일은 그 시작이다. 남북이 힘을 모아 민족 스스로의 결단과 의지로 통일을 이룩해야 하는 것이 우리 세대 모두의 책임이자 희망이다.

더불어 잘 사는 행복 사회를 꿈꾸며

모두가 평등한 세상을 위한 룰

•

나는 산골에서 태어난 덕분에 자연을 그림책으로 생각하며 자랐다. 자연은 내게 놀이터이자 학교였다. 자연으로 돌아가라는 장 자크 루소Jean Jacques Rousseau의 《에밀》을 접한 것은 한참 뒤의 일이었다. 자연이야말로 가장 위대한 책이며, 그 안에 세상의 모든 원리와 법칙이 다 들어 있다는 그의 말을 나는 이미 몸으로 배운 셈이었다.

자연은 공정하다. 이것이 내가 자연 속에서 배운 가장 큰 교훈이다.

산과 들에서 자라는 온갖 풀과 나무들은 제각각 주어진 환경 속에서 생존경쟁을 한다. 그들은 자연의 법칙이라는 공정한 룰을 지키며 자신이 태어난 토양에 뿌리를 내리고 마음껏 물과 공기를 빨아들이며 제 몫의 한살이를 이어간다.

땅과 하늘 사이에서 직립 자세로 자란다는 점에서 인간과 나무는 서로 닮았다. 내가 나무를 좋아하는 것은 땅에 뿌리를 박고 자라면서 끊임없이 하늘을 향해 이상을 꿈꾸기 때문이다. 하지만 인간은 나무와 달리 욕망을 멈출 줄 모른다. 자신의 이익을 극대화하기 위해 돈과 힘으로 다른 사람을 찍어 누르고 손실을 끼치는 것이 인간이다.

장 자크 루소는 《사회계약론》에서 "인간은 자유롭게 태어났지만 도처에 사슬로 묶여 있다"고 역설한 바 있다. 욕망이 만들어낸 불공정의 사슬, 불평등의 사슬로 인해 인간은 결국 자연이 부여한 자유와 행복마저 잃어버리고 있다.

무너진 공정성이 초래한 우리 사회의 가장 큰 문제는 소득 불균형에 따른 극단적 양극화다. 물론 이런 현상은 애초에 출발선부터 다른 불공평한 룰에서 기인한 것이다. 이는 비단 대한민국의 문제만은 아니며 세계적으로, 특히 자본주의 사회에서는 심각한 병폐다.

최근의 기사에 따르면 전 세계 1퍼센트의 부자가 지닌 재산이 나머지 99퍼센트의 재산을 합한 것보다 많아졌다고 한다. 전 세계에서 1퍼센트의 부자가 차지하고 있는 재산 비중이 2009년 44퍼센트, 2014년 48퍼센트, 그리고 마침내 2016년에 이르러 50.1퍼센트를 기록한 것이다.

이런 불평등 구조는 자본주의 국가의 가장 두드러진 현상이며 선진국으로 갈수록 더욱 심화되고 있다. 미국의 경우 이미 1980년 공화당의 로널드 레이건Ronald Reagan 대통령이 집권한 뒤로 정치와 경제 모든 측면에서 보수화가 거세게 진행되었으며, 그 결과 점차 기득권 세력으로 부가 편중되어 극심한 빈부격차를 보여 왔다. 그리고 최근에는 미국의 부자 상위 1퍼센트가 하위 50퍼센트를 합한 것보다 큰 소득을 올리고 있으며, 심지어 월마트 대주주 집안 하나가 소득 하위 1억 3,000만 명의 미국인보다 더 많은 재산을 소유하고 있는 상황이다.

대한민국도 크게 다르지 않다. 최근 상위 10퍼센트의 소득점유율은 전체의 45퍼센트를 차지해 아시아 최대의 소득 불평등을 기록하고 있다. 국내 30대 재벌들이 보유하고 있는 사내유보금은 약 770조 원으로 국민총생산의 절반에 해당한다. 그리고 정부는 지속적으로 재벌 기업들을 도와주고, 기업주인 재벌들은 노동자들을 탄압하면서 이윤극대화에 혈안이 되어 있다. 이러한 소득 불균형은 기회의 평등이 무너지면서 더욱 악화되어 가고 있다.

올림픽 육상 경기에서 100미터 단거리 경기와 달리, 트랙을 여러 바퀴 도는 중장거리 경기에서는 출발선이 단계별로 설정되어 있다. 즉 트랙의 안쪽 1번 주자의 선은 맨 뒤쪽에 있고 차례로 2번부터 8번까지 단계별로 정확한 거리를 계산해 앞쪽으로 출발선을 정해놓았다. 얼핏 보면 출발선이 달라 불공평한 것처럼 보이지만 사실은 가장 공정하고 평등한 룰을 적용한 것이다. 그러나 육상 경기가 아닌 자본주의 사회의 생존 경쟁에서는 이야기가 달라진다. 우선 태어날 때부터 각자 불평등한 조건을 안고 인생을 출발할 수밖에 없다.

언론을 통해 심심찮게 보도되는 재벌 2세, 3세들의 갑질 행위를 보라. 그들은 아버지를 재벌로 둔 덕분에 대등하게 게임해야 할 출발선을 무시한 채 대다수 서민을 우습게 아는 갑의 인생을 살아가고 있는 것이다.

정치가 해야 할 본연의 임무는 국민 모두가 대등한 게임을 할 수 있도록 룰을 정하고, 그에 걸맞은 국가행정을 전개하여 불평등 구조를 해소함으로써 모두가 불만 없이 더불어 잘 사는 행복 사회를 만드는 것이다. 그 룰이 바로 '국민복지'다.

인간다운 삶은 공정한 정치에서

•

국민복지를 제대로 실현하기 위해서는 무엇보다 공정한 정치가 우선되어야 한다. 기존의 기득권 세력들을 옹호하며 재벌들과 정경유착의 밀월 관계를 유지해온 부패 정권의 불공정·불평등 구조를 바꾸지 않으면 모두가 더불어 잘 사는 국민복지의 실현은 불가능해질 수밖에 없다.

그러나 이명박, 박근혜 정부는 부자감세를 내세워 빈익빈 부익부 현상을 더욱 부추겼으며, 대한민국 10퍼센트의 부자가 국가 전체의 부 중 45퍼센트를 차지하는 기현상을 낳게 했다. 나머지 90퍼센트의 국민들은 온전히 기득권 정치의 희생양들이 되어 서민층으로 전락하고 말았다. 이제야말로 정권교체를 통해 대한민국의 잃어버린 주권을 찾아야 할 때다.

OECD 통계에 따르면 2015년 대한민국 정부가 지출한 돈은 국내 총생산 대비 31퍼센트에 불과하다. 이 통계는 지방정부의 예산이 다 포함된 것으로 OECD 회원국 중 가장 낮은 수준이다. 한마디로 박근혜 정부는 '짠돌이 정부'였다는 말이다. 예를 들어 2014년 기준 국민총생산 대비 사회복지 지출은 10.4퍼센트인데, 이것 역시 OECD 기준 최하위 수준이다. 대한민국보다 낮은 나라는 멕시코밖에 없다. 그 결과 불평등을 개선하는 효과는 OECD 평균 31.11퍼센트에 비해 대한민국은 8.81퍼센트로 4분의 1 수준에 그치고 말았다.

대한민국의 국민이라면 누구나 인간다운 삶을 누릴 수 있어야 한다. 민주공화국에서 복지는 특별히 베푸는 시혜나 공짜가 아니라 세금을 내는 국민 모두가 누려야 할 당연한 권리다. 그렇기 때문에 나는 성남시의 시장으로서 시민복지를 실현하기 위해 노력할 수밖에 없었다. 마땅히 해야 할 일을 한 것이다.

그동안 성남시는 부정부패, 예산낭비, 세금탈루 등을 철저히 막아 복지예산을 마련해 헌법과 법률에 따라 꾸준히 복지정책을 시행해왔다. 예산을 함부로 쓰지 않고 시정을 제대로 펼치면서도 알뜰 살림으로 노인복지와 출산·보육·교육지원 사업에 수백억 원의 복지예산을 투입할 수 있었다. 그리하여 현재 성남시는 전국 최고의 복지도시로 손꼽히게 되었다. 이제 대한민국 전체가 국민복지를 실현해야 할 때다.

성남시를 넘어 '대한민국 복지'를 향하여

●

지난 2016년 6월, 박근혜 정부가 시행령을 개정해 성남시를 포함한 경기도 6개 도시에서 5천억 원의 예산을 강탈하려 했다. 명목은 '지방균형발전'이었지만, 5천억 원을 빼앗아서 226개 지자체에 몇 억씩 나눠준다고 지방균형발전이 이뤄질 리가 없다. 중앙정부의 불법적 압박에 저항하는 성남시를 재정으로 압박하기 위한 것이었다. 강행된다면 성남시는 매년 1천억 원 이상의 재원이 삭감되고, 매년 1천억 원 가까이 빚을 갚던 모라토리엄 때로 돌아갈 수밖에 없었다.

이대로 성남시민의 피해를 두고볼 수 없었고, 광화문 광장에서 11일간의 단식 투쟁을 벌였다. 성남시의 무상복지를 두고볼 수 없었던 정부의 초법적인 압력에 굴복할 수는 없었다.

성남시 3대 무상복지의 요체는 복지혜택을 받은 당사자들에게 현금이 아니라 지역 화폐를 지급하여 지역경제의 활성화, 특히 골목상권과 재래시장 살리기에 큰 도움이 되도록 하는 것이었다. 더 나아가 이 계획대로 성남시에서 무상복지를 실현하게 되면 그 성과를 바탕으로 대한민국의 국민복지 표준을 만드는 것이 나의 궁극적인 바람이었다.

박근혜 정부는 '증세 없는 복지'를 약속했지만, 정작 복지정책은 OECD 회원국 중 꼴찌에서 두 번째에 머물렀을 뿐 '복지 없는 증세'로 역주행을 한 꼴이 되고 말았다. 그러나 나는 '증세 없이 복지'라는 대통령의 헛된 공약을 대신 실천했다.

간혹 이런 질문을 받을 때가 있다.

"성남시와 대한민국이 같다고 생각하십니까?"

인구 100만 명의 지자체에서 성공한 복지정책이라고 해서 대한민국 전체에 그대로 적용될 수 있겠냐는 이야기다. 당연한 질문이다. 그때마다 나의 대답은 한결같다.

"충분히 가능합니다."

성남시가 여느 지자체들과 다르게 시행한 복지정책 등의 예산을 다 합치면 금액이 약 960억 원이다. 성남시 인구가 100만 명이 채 안 되는 98만 명이니까 1인당 10만 원 정도를 한 해의 복지예산으로 쓰고 있는 것이다. 그 1인당 10만 원을 알뜰살뜰하게 써서 무상 교복 지원에 25억, 초등학교 치과주치의제를 하는 데 3억 원, 청년배당 100억 원 등을 복지예산에 활용할 수 있었다.

중앙정부에서 성남시처럼 복지정책을 할 때 드는 예산을 계산해보면, 인구가 5,000만 명이니까 약 5조 원 정도의 복지예산이 필요하다. 추경까지 더하면 정부 예산은 420조 원 정도 된다. 여기서 10퍼센트를 아끼면 42조 원이 남고, 1퍼센트만 아껴도 4.2조 원 가량의 복지예산 재원을 마련할 수 있다. 이미 대한민국은 SOC 사업이 거의 끝났다고 볼 수 있는데도 매년 이 사업에 쓸데없이 예산을 배정하고 있다. SOC 사업에 드는 예산을 알뜰하게 줄이면 또한 5조 원 정도 남기는 것은 어렵지 않다. 대통령의 말 한마디면 그것은 곧 실현될 수 있기 때문이다.

결국 대한민국이 복지정책을 제대로 시행하지 못하는 것은 예산이 없어서가 아니라 국민에게서 권력을 위임받은 지도자의 의지와 정치철학의 부재 때문이다. 어쩌면 권력을 거머쥔 지도자가 머슴은커녕 주인을 넘어 왕 노릇을 하려는 현실에서 제대로 된 복지정책을 기대한다는 것 자체가 부질없다. 예산이 부족하다는 것도 핑계다. 방만한 국가 경영으로 예산을 낭비하는 경우가 너무 많다.

한 해에 5조 원을 절약해서는 국민들의 피부에 와닿는 복지 혜택은 어려울 것이다. 나는 국가 예산을 알뜰하게 써서 복지예산을 늘리는 것 외에 복지예산을 확대할 다른 방안을 갖고 있다. 즉 재벌과 고소득자에 대한 증세다.

물론 증세정책은 기득권 세력의 강한 저항에 부딪힐 것이다. 그러나 장장 70여 년간 쌓아온 기득권 세력의 장벽을 무너뜨리려면 목숨을 건 용기와 실천력이 필요하다. 나는 부정 축재를 한 일도 없고 재벌들에게 비자금을 받아 정치자금으로 쓴 적도 없다. 지은 죄가 없으므로 당당하다. 물론 온갖 조작으로 여론 재판을 받은 경우는 있지만, 적어도 정치인 이재명만큼은 털어도 먼지만 나올 것이다. 잃을 것도 없고 감출 것도 없는 사람으로서 나는 누구보다 당당하게 싸울 수 있다.

국민복지는 충분히 가능하다

•

우리나라에서 영업이익 500억 원 이상인 대기업은 440여 개이며 이는 전체 기업의 0.08퍼센트 수준이다. 이들 대기업에게 현재 부과하고 있는 법인세 20퍼센트를 30퍼센트로 인상하면 연평균 15조 원의 재원을 마련할 수 있다. 참고로 미국은 35퍼센

트의 법인세를 부과하고 있다. 또 10억 원 이상 고소득자 6,000
명에 대해 최고세율을 50퍼센트로 올리면 2조 4,000억 원이 마
련된다.

성남시를 운영해본 결과 예산의 7퍼센트 수준만 절감해도 살
림살이에 큰 문제가 없었다. 정부예산 400조 원에서 7~10퍼센
트를 절감하면 30~40조 원의 규모가 되는데 이 정도 예산 절감
은 충분히 가능하다.

부자에게 100만 원을 주면 곳간으로 들어가지만, 생활비가
절실한 사람들에게 주면 시장경제 활성화로 이어진다. 당장
100만 원의 경제효과가 생기는 것이다. 대한민국의 기업구조
가 수출 위주라고들 하지만 내수의 확대 없이는 경제 성장의 동
력을 마련하기 어렵다. 따라서 복지 확대는 활기를 잃은 경제에
숨을 불어넣어주는 역할도 하게 될 것이다.

기득권 세력을 등에 업은 정부는 증세 없는 복지를 약속해놓
고도 사실상 재벌들에게 '부자 감세'로 재산을 불려주면서 오히
려 서민들에게만 꼼수 증세를 했다. 이제부터는 '서민 감세, 부
자 증세' 정책을 실시해 조세 부분에서 공정 기반을 확립해야
한다. 대한민국이 복지국가로 발전해나가기 위해서는 공정한
룰에 의한 경제정책이 수립되어야 한다. 공정한 국가 건설을
통해서만 국민복지를 실현할 수 있기 때문이다.

변방에서 배운 귀중한 자산

2016년 가을, 대권 도전을 선언할 즈음 내 마음속에는 커다란 분노가 자리 잡고 있었다. 그 이전에도, 그리고 지금 이 순간까지도 식지 않고 있는 이 분노는 나 혼자만의 것이 아니다. 국민 한 사람, 한 사람의 가슴에 똑같이 타오르고 있는 분노를 나는 천만 촛불 속에서 보았다. 이 분노의 근원은 어디에 있을까. 파헤쳐 들어가다 보면 어김없이 정경유착과 마주치게 된다.

한국의 기득권층을 대변하는 정치인들은 경제를 살린다는 명목으로 재벌들에 대한 세금 감면 정책을 펴고 있다. 세금을 감면해주면 재벌들이 경제 발전을 위해 투자를 확대하고 청년 실업을 줄이기 위해 고용을 창출할 것이라는 이야기인데, 과연 그러한가? 겉으로는 윤리경영, 투명경영을 들먹이면서 속으로는 개인 재산 늘리기에 바빠 '페이퍼 컴퍼니', '버진 아일랜드'로 자금을 빼돌리기에 급급한 것이 오늘날의 기득권 세력이다. 이처럼 정경유착과 부정부패가 난무하는 동안 서민들에게 돌아갈 혜택이 쥐도 새도 모르게 어디론가 사라지고 있는 현실 앞에서 어떻게 분노하지 않을 수 있단 말인가.

나의 대선 출마 결심은 바로 이 분노에서부터 시작되었다. 그리고 나와 똑같은 분노를 품고 있는 국민들과 힘을 합쳐 정치혁명을 이루는 것이 나의 소원이다. 정치혁명이 이루어지지 않으면 '1퍼센트 대 99퍼센트'의 양극화 현상은 더욱 극심해질 것이며, 그럴수록 재벌들은 막강한 정치권력을 등에 업고 무소불위의 채권자가 될 것이다. 그 결과 서민들은 빚만 잔뜩 짊어진 채무자로 전락하고 말 것이다.

나는 '성공한 대한민국의 샌더스'가 되려고 한다. 샌더스처럼 패배의 쓰라림 속에서 성공의 전략을 배웠고, 패배 뒤에 성공이 있다는 사실을 나는 잘 알고 있다. 그리고 두 차례의 당선을 통해 이미 그것을 체험했다.

언론에서는 나를 변방의 장수라 부른다. 맞는 말이다. 하지만 나는 인구 100만 명의 작은 지자체 단체장으로서 시민을 위한

에필로그

머슴의 역할을 충실히 해왔으며, 이 과정에서 민주주의가 실현될 수 있는 길을 차근차근 모색했다.

그동안 중앙집권적 정치제도 아래에서 변방은 늘 관심 밖의 영역이었다. 누구도 관심을 두지 않는 그 변방에서 나는 꾸준히 내실을 다졌다. 이 시간이 나에겐 소중한 배움의 기회였다. 작은 지자체이기 때문에 잘잘못을 거의 실시간으로 파악할 수 있었고, 그때마다 행정력을 제대로 발휘해 잘못된 관행을 고쳐나갈 수 있었다. 정책이 시민들의 실제 삶에 어떻게 영향을 미치는지 직접 체험할 수 있다는 것은 정치인에게 더없이 귀한 자산일 것이다.

명의는 사람의 몸 전체를 관류하는 피의 흐름을 먼저 보고, 막힌 곳과 멍들고 상처가 난 부위를 찾아낸다. 환자가 어깨 통증을 호소한다고 해서 어깨에만 침을 놓는 것이 아니라 통증이 시작된 지점을 찾아내 뿌리부터 치료해야 완치에 이를 수 있다.

정치도 이와 다르지 않다. 전체 구도를 파악해야 부분의 결함을 알 수 있다. 지자체의 규모는 비록 중앙정부에 비할 바가 아니지만, 한눈에 시정 전체를 읽고 잘못된 부분을 즉시 고쳐나가는 등 다방면에 걸쳐 행정 능력을 키우기에는 이만큼 좋은 공간이 없다. 이런 점에서 정치적 변방은 오히려 큰 도전을 향한 베이스캠프가 된다. 역사적으로도 큰 변화는 언제나 변방에서 싹터왔다.

'꼬리를 잡아 몸통을 흔든다.'

나는 이 말을 좋아해서 몇 해 전에 출간한 책의 제목으로 삼기도 했다. 이 말처럼 나는 성남시에서 갈고 닦은 전략과 전술로 중앙을 향해 나아갈 것이다. 그리고 민주주의를 망치는 부정부패의 꼬리를 잡아 대한민국에서 몸통이라 으스대는 자들을 뒤흔들 생각이다. 이 뜻이 이루어지는 그날, 나의 가슴과 국민의 가슴에 타오르던 분노의 불길도 점차 가라앉으리라 믿는다.